平凡不平淡，放松不放纵

林清玄／著

天津出版传媒集团

天津人民出版社

图书在版编目（ＣＩＰ）数据

平凡不平淡，放松不放纵 / 林清玄著 . -- 天津：
天津人民出版社，2019.4（2019.10 重印）

ISBN 978-7-201-14442-9

Ⅰ.①平… Ⅱ.①林… Ⅲ.①随笔－作品集－中国－
当代 Ⅳ.① I267.1

中国版本图书馆CIP数据核字(2019)第048824号

中国版权保护中心图书合同登记号02-2019-11号

本著作物经北京阅享国际文化传媒有限公司代理，
由九歌出版社有限公司授权，
在中国大陆出版、发行中文简体字版本。

平 凡 不 平 淡 ， 放 松 不 放 纵
PINGFAN BU PINGDAN ， FANGSONG BU FANGZONG

林清玄　著

出　　版　天津人民出版社
出 版 人　刘　庆
地　　址　天津市和平区西康路 35 号康岳大厦
邮政编码　300051
邮购电话　（022）23332469
网　　址　http://www.tjrmcbs.com
电子信箱　reader@tjrmcbs.com

监　　制　黄 利 万 夏
责任编辑　玮丽斯
特约编辑　曹莉丽 孙 建
营销支持　曹莉丽
版权支持　王秀荣
内文插图　摄图网
装帧设计　紫图装帧

制版印刷　天津联城印刷有限公司
经　　销　新华书店
开　　本　710 毫米 ×1000 毫米　1/16
印　　张　14
字　　数　140 千字
版次印次　2019 年 4 月第 1 版　2019 年 10 月第 2 次印刷
定　　价　49.90 元

目录

CONTENTS

第一辑

平凡最难
既然投生为人，就不可能全是甜头

目 录

第二辑

温一壶月光下酒

掬水月在手，弄花香满衣

────

第三辑

不受人惑

在流行的大河里，人只是河面上的一粒浮沤
————

目录
CONTENTS

第四辑

不放逸的生活

不管是什么心，只要有心就好

目录

第五辑

好雪片片

人间的温暖和钱是没有关系的

在我们的生命情境中

有很多时候

是酸甜苦辣同时放在一桌的

一个人不可能永远挑甜的吃

偶尔吃点苦的、辣的、酸的

有助于我们品味人生

平凡最难

既然投生为人，
就不可能全是甜头

爱水

每个人都有伤心的地方，
但是每个人的伤心都不一样

———————

孩子打破心爱的东西，伤心地哭了半天。突然停止哭泣，跑过来问："爸爸，人为什么会流眼泪呢？"接着又严肃地问："眼泪是从什么地方来的？"

我看到他泪痕未干，一本正经的样子，觉得很有趣，就反问他说："你觉得人为什么会流眼泪呢？"

"是因为伤心呀！"

"那么，眼泪是从什么地方来的？是从眼睛来的吗？"

"我知道了，人的眼泪是从伤心的那个地方流出的。"孩子已完全忘记了忧伤的情绪，充满好奇地说。

"伤心的那个地方又在哪里呢？"我问他。

他皱眉想了半天，拍拍自己的心口，又拍拍自己的脑袋，觉得都不太有把握，说："我也不知道伤心的地方在哪里，到底是在哪里呢？"

这下可把我问倒了，是呀！伤心的地方是在哪里呢？我反问孩子："人不只伤心的时候才流泪，很高兴和很生气的时候也会流泪的，所以，伤心的地方和高兴、生气的地方是一个地方。"由于孩子养着小鸟，我就问他说："你觉得，小鸟会不会伤心呢？有没有伤心的地方？"

"小鸟也会伤心的，如果它肚子饿，我们不喂它的话。"孩子说。

"那，小鸟会不会流泪呢？"

"小鸟不会流泪的。"孩子思索了一下，说："不对，不对，小鸟不会从眼睛流泪，可是它心里是会流泪的。为什么只有人会从眼睛流泪，而别的动物只能暗暗地伤心呢？"

我对孩子说起小时候亲眼看过水牛和海龟，还有狗流泪的情景，这个世界上有许多动物都会流泪，只是粗心的人不能见及罢了。

我们花了一个多小时讨论伤心的问题，孩子听了一知半解。但他至少理解到三件事情，一是所有的动物都有一个会伤心的地方；二是愈复杂的动物，伤心的时候愈容易被看见；三是每一个人对同一件事伤心的感受都不一样。

最后，他终于郑重地宣布了他悟到的大道理，他说："我知道为什么我打破杯子，妈妈伤心而我不伤心；而我打破玩具，我伤心爸爸不伤心了。每个人都有伤心的地方，但是每个人的伤心都不一样。"

这使他完全忘记了刚刚伤心的原因，高兴地跑走了。

　　我却因此陷入沉思，这是一个多么好的启示，人的眼泪是有世界性的，既然投生为人，就必然会伤心，必然会流泪，有许多号称从来不流泪的人，只不过是成人以后的自我压抑，当遇到真正伤心的时刻，或者真心忏悔的时候，或者在无人看见的地方，还是会悄悄落下伤心之泪。

　　泪，乃是爱之凝聚。这世界上只有两种人不会流泪，一种是完全没有爱，铁石心肠的人；一种是从爱中超脱出来，不被爱所束缚与刺伤的人。

　　眼泪，是作为人的本质之一，在《楞严经》中，佛陀早就有精辟的见解，他对弟子阿难说："因诸爱染，发起妄情。情积不休，能生爱水。是故众生，心忆珍羞，口中水出。心忆前人，或怜或恨，目中泪盈。贪求财宝，心发爱涎，举体光润。心着行淫，男女二根，自然流液。阿难！诸爱虽别，流结是同。润湿不升，自然从坠。"

　　由人的欲望所分泌的都称为爱水，也是使人在轮回中升沉的重要原因。如何在心海的爱水中飞升超越，在每一次的伤心中寻找智慧，才是人最重要的事。

有许多号称从来不流泪的人，
只不过是成人以后的自我压抑，
当遇到真正伤心的时刻，
或者真心忏悔的时候，
或者在无人看见的地方，
还是会悄悄落下伤心之泪。

无情说法

偶尔吃点苦的、辣的、酸的，
有助于我们品味人生

————————

　　朋友请我吃饭，餐桌上有一道菜是生炒苦瓜，一道是糖醋豆腐，一道是辣椒炒干丝。我看了桌上的菜不禁莞尔，说："今天酸甜苦辣都齐了。"朋友仔细看看桌上的菜，不禁拍案大笑。

　　这使我想到，即使是植物，都各有各的特性：甘蔗是头尾皆甜，柠檬则里外皆酸，苦瓜是连根都苦，辣椒则中边全辣，它们这种特性，经过长时间的藏放也不失去，即使将它碎为微尘粉末，其性不改。还有一些做药材的植物，不管做成汤、膏、丸、散，或经长久的熬煮，特质也不散灭。

　　我们生活中的心酸、甜蜜、苦痛、辛辣种种滋味，不亦如植物的特性吗？一旦我们品尝过了，似乎就永不失去。在我们的生命情境中，有很多时候，是酸甜苦辣同时放在一桌的，一个人不可能永远挑甜的吃，偶尔吃点苦的、辣的、酸的，有助于我们品味人生。

在酸甜苦辣的生命经验更深刻之处，有没有更真实的本质呢？

若说柠檬以酸为本性，辣椒以辣为本性，甘蔗以甜为本性，苦瓜以苦为本性，那么人的本性又是什么呢？

我们常说"这个人本性不良"，或"那个人本性善良"，可是，我们常看到素性不良的人改邪归正，又常见到公认本性良善的人却堕落了。这种本性似乎是"可转""能改变"的，因此我们语言上所说的"本性"，事实上只是一种"熏习"，是习气的长期熏染而表现在外的，并不是最深刻的自我。

习气，是一种莫名其妙的偏执，正如嗜吃辣椒与柠檬的人，说不出是什么原因。

但人生的一切烦恼正是由这种偏执而产生，偏执是可矫正的，矫正的方法就是中道，例如柠檬虽是至酸之物，若与甘蔗汁中和，就变得非常的可口。去除习气只有利用中和的方法，人最大的习气不外乎贪、嗔、痴，贪应该以"戒"来中和，嗔应该以"定"来中和，痴应该以"慧"来中和。一个人时时中和自己的习气，就能坦然地面对生活，不至于被习气所左右。

在我们的人生经验里，有时会遇见一些特别贪吝、嗔恚、愚痴的人，为什么他们会特别有这样的习气呢？

我国有一个有名的民间传说，相传汉朝有一位姓孟的女子，幼读儒书，长大学佛，普遍得到乡里的敬爱，年老以后被称为"孟婆"。

她死后成为幽冥之神，建了一座"饫忘台"，在阴阳之界投胎必经之路上。孟婆取甘、苦、酸、辛、咸五味做成一种似酒非酒的汤，称为"孟婆汤"，投胎的人喝了这种汤就完全忘记前世，然后走入今生甘苦酸辛咸的旅程。

传说每一个魂魄入胎之前，各种滋味都要尝一点才能投胎，这是为什么人人都要在一生遍尝五味的缘由。传说又说，有的人甜汤喝多了，日子就过得好些；有的人苦汁喝得多了，这一生就惨兮兮。

"孟婆汤"的传说虽是无稽之谈，但非常有趣，至少启示我们：既然投生为人，就不可能全是甜头，生命里是有各种滋味的。我有时候想，"孟婆汤"是不是取了甘蔗、苦瓜、柠檬、辣椒、盐巴做成的呢？

值得欣慰的是，生活固有五味，但人只要挺起胸膛地生活着，甘苦酸辛咸总会过去，而这些折磨只是情感的激荡与波动，不会毁灭一个人真实的本质。对于能勇敢承担生命的人，甘苦酸辛咸只是生命的洗礼，在通过这种清洗时，只要保有觉悟与智慧的心，就会洗出我们更明净的自我。

吃着桌上几盘气味强烈的菜，我想到甘蔗、柠檬、苦瓜、辣椒在做着一场"无情说法"，有时甚至让我迷惑，这些植物是不是人间的苦乐辛酸所感生的呢？

"无情说法"这四个字多么有味，它说明了我们所遭遇世间的一切因缘，在在处处都在说法，有情无情对我们都有智慧的启发，正如我们见到一朵花的凋谢与一位美女的老去，都得到启示一样。

"无情说法"在禅宗是十分有名的公案，有一次洞山良价去请教云岩昙晟禅师，他问道：

"无情说法，什么人得闻？"

（无情事物说法的时候，什么人听得到？）

云岩说："无情说法，无情得闻。"

（无情事物说法，无情事物听得到。）

师曰："和尚闻否？"

（和尚听得到吗？）

云岩说："我若闻，汝即不得闻吾说法也。"

（我如果听得到，你就听不见我说法了。）

师曰："若恁么即良价不闻和尚说法？"

（为什么说我听不见你说法呢？）

云岩说："吾说法，汝尚不闻，何况无情说法也。"

（我说法，你都听不见了，何况是无情事物对你说法呢！）

洞山良价听了十分惭愧，就问"无情说法"出自哪一部经，云岩禅师告诉他出自《阿弥陀经》，经上说"水鸟树林皆悉念佛法"。洞山随即开悟，写了一首偈：

也大奇，也大奇，无情说法不思议，

若将耳听声不现，眼处闻声方可知。

（真是奇妙的事呀！无情说法多么不可思议！如果用耳朵去听就听不见声音，要用眼睛才听得见声音呀！）

这个公案告诉我们，无情事物不是用声音来说法，而是用沉默来说法，并不是说无情事物本身有法，而是身心清净、善于观察思维的人，就能听到无情中自有法的启示，对于无情界的说法，不是以耳朵去谛听，而是要"眼处闻声"！

关于"无情说法"，还有一个更早的公案，是牛头山慧忠禅师解答弟子的请示：

僧问："阿那个是佛心？"

师曰："墙壁瓦砾是。"

问："无情既有心性，还解说法否？"

师曰："他炽然常说，无有间歇。"

问："某甲为什么不闻？"

师曰："汝自不闻。"

问："谁人得闻？"

师曰："诸佛得闻。"

问："众生应无分邪？"

师曰："我为众生说，不为圣人说。"

问："某甲聋瞽，不闻无情说法，师应合闻？"

师曰："我亦不闻。"

生活固有五味，
但人只要挺起胸膛地生活着，
甘苦酸辛咸总会过去，
而这些折磨只是情感的激荡与波动，
不会毁灭一个人真实的本质。

问："师既不闻，争知无情解说？"

师曰："我若得闻，即齐诸佛，汝即不闻我所说法。"

问："众生毕竟若闻否？"

师曰："众生若闻，即非众生。"

问："无情说法，有无典据？"

师曰："不见《华严》云：'刹说、众生说、三世一切说'，众生是有情乎？"

问："师但说无情有佛性，有情复若为？"

师曰："无情尚尔，况有情耶！"

好一个"无情尚尔，况有情耶"！在禅师的眼中，山河大地是如来，有情无情是法身，无情事物都有佛性，何况是有情的众生呢？我们虽不能如禅师澈见无情的面貌，但如果我们的心足够细致，在一切事物中都能有所启发，有所觉悟，张开智慧之眼，仿佛也不是不可能的。

就像我们看到甘蔗、柠檬、苦瓜、辣椒等无情的植物，使我们知道了既然生而为人，走在酸、甜、苦、辣的不可规避之路，就应该在种种滋味中学习超越乃至清净的智慧，学习如何破除偏执，开启更广大自我。如果在辛酸时就被辛酸埋没，与一粒柠檬何异？如果在甜蜜时就被甜蜜沉溺，和一株甘蔗又有什么不同呢？

我们若不能在人生中学习超越，就会被眼耳鼻舌身意所驱使，永远在色声香味触法中流转，然后，就在生死大海中流浪沉浮不已，无法走上解脱的道路。

沉默的君王

看清无常之理，
才不至于被突来的失败所击溃

———————

我回乡下过年，在高雄小港机场下飞机，叫了一辆计程车。计程车司机正是几天前歌星王默君、芝麻、龙眼发生车祸的目击者，他开车到半路停下来等红绿灯的时候，指着旁边说："这就是王默君被撞死的地方，她的脸整个被撞毁了，削去一半，唉！多么美丽清纯的女孩子呀！"

那几天我一想到王默君的车祸就感到心酸，有几次甚至忍不住要落泪，虽然在我们居住的这个岛上，听到车祸的消息已经很平常，不会令人有任何惊怕了，可是像王默君那样美丽、清纯、青春、可爱的少女，在刹那间就从这个世界消失，想起来真是令人难信，并且悲从中来。

二十几岁正是在天空飞翔的年龄，怎么会发生这么残忍惨痛的事呢？

计程车司机是个五十几岁的先生，他说起王默君的车祸感慨不已，认为那个计程车司机应该以谋杀来定罪，否则不以安慰亡者的魂魄。

后来，车子开上高速公路，往南梓的方向行去，才过没有多久，他指着路旁说："这里就是昨天歹徒枪杀两位年轻警察的现场。"他一边开车，一边向我描述警察被枪杀的惨状，然后对我说："被杀死的那位，是你们旗山人呢！"

回到家里，我才知道那位年轻的警察不只是我的同乡，还是我的街坊，住在我老家同一条路不远的地方，他的死，已经引起小镇里热切的谈论，闻者无不动容，因为这位不幸的青年警察，才结婚一个月呢！

"结婚才一个月哪！夭寿喔！"老一辈的人都这样说，特别是那些与他熟识的人，说着说着，眼眶就红了。

今年过年，有好几次我登上家附近的鼓山，爬到最顶端，看到即使在冬天也非常苍郁的林木，放眼看着晴朗无云的蓝天，每每感到心伤，思考到人是多么脆弱，人生是多么无常！家乡的鼓山由于形状像一面鼓而得名，传说它在夜临黄昏之际会敲出动人的鼓声，我以前不相信这个传说，但这回在黄昏时思考人间悲切的问题时，竟仿佛听见了动地而来的鼓声，心门为之掀动。

百年三尺土，万古一堆尘。

在鼓山上读明朝莲池大师的文集，他是净土宗的祖师，三十三岁才出家，当时他已娶妻生子了，到六十岁的时候写了六首诗送给俗家的妻子，诗名《东家妇》：

东家妇，健如虎，腹孕常将年月数。
昨宵独自倚门间，今朝命已归黄土。
西家子，猛如龙，黄昏饱饭睡正浓。
游魂一去不复返，五更命已属阎翁。
目前人，尚如此，远地他方哪可指？
闲将亲友细推寻，年去月来多少死？
方信得，紫阳诗，语的言真不可欺。
昨日街头犹走马，今朝棺里已眠尸。
伶俐人，休瞌睡，别人与我同一类。
狐兔相看不较多，现前放着傍州例。
钻马腹，入牛胎，地狱心酸实可哀。
若还要得人身复，东海掬针慢打捱。
我作歌，真苦切，眼中滴滴流鲜血。
一世交情数句言，从与不从君自决。

这是一代高僧写给俗世妻子的诗歌，谈的是"无常"，言恳词切，读到"眼中滴滴流鲜血。一世交情数句言"，真足以令人动容！我们面对人生的无常确是如此，犹如眼里、心中的血泪，大部分是令人措手不及的。我们时常在禅诗里读到这样的句子："百年三尺土，万古一堆尘。""萧萧烟雨九原上，白杨青松葬者谁？""玄鬓忽如丝，青丛不再绿。""电光瞥然起，生死纷尘埃。"生死恍如只在一刹那，充满了人间的悲情。

佛教里有"四念处"，就是"观身不净，观受是苦，观习无常，观法无我"，教我们念念观照身体、感受，乃至心念的流动，来证得因缘的空性。最重要的警示当然是无常了，身体会败坏、感受会起落、意念不能长驻，都是一种无常的迁流。这样看，何待生死之际才能知道无常？每一个人生阶段的改变，每段情感的转折，甚至每一个念头的起灭，分分秒秒都是无常呀！

人生推进的自然之程，也正是无常流动的必然之路，因而如何来接受生命的变化，成为人在成长中的重要课题，可悲的是我们往往只能接受成功，却不能坦然地面对失败，尤其是情感的失败最不能接受，因为情爱的感受向来比金钱、事业的感受来得热切与深刻。

其实，情感的成败也只是无常的一幕戏剧罢了，与人生其他的戏一样。

大河永远向海洋流去

从本质上看，情感的失败与生命里的一切失败是相同的，朋友的背弃、亲人的远离、事业的破产、考试的落榜、疾病的困境、生死的变灭等悲剧，其本质都与情感失败相类似，可是为什么我们遭遇到别的失败时没有欲生欲死、生不如死呢？那不是情爱有特别伟大之处，只因为情感格外能令人迷障的缘故。

从长远处看，任何情感的最后终结都是无常的哀痛，一时情感的成功并不表示爱情就可以常驻。所谓情感成功就是圆满成婚，然而结婚后离异的比率并不比失恋来得少，说不定离婚的苦痛还胜过未婚前失恋的折磨呢！则"恋爱成功"的结婚并不能保证"永浴爱河、永结同心"，极有可能是演出更大的一出悲剧。若两人真是情爱深刻，能数十年携手在人生道上前进，数十年后必会面临一人先死的离别局面，当时对无常的悲痛感慨说不定还胜过中年时离婚的痛苦！

从清净处看，情感失离的痛苦原是人生最自然的部分，一点也不奇怪。佛陀早就说过人生的八种苦是："生苦、老苦、病苦、死苦、爱别离苦、怨憎会苦、求不得苦、烦恼炽盛苦。"这八种苦样样都与情爱有关，若没有爱欲，何来生老病死？若爱欲不深，何来别离苦、怨憎会、求不得、烦恼炽盛呢？

所以，我觉得一个人要得到内心真实的平安，必须对情感的变化淡然处之，万一不能淡然处之，也应该看清无常之理，才不至于被突来的失败所击溃，要知道，生命里像失恋这样的失败还多得多呢！

从歌星王默君的遽逝，想到无常变迁之迅速，"无常"确实是一位"沉默的君王"，我们人生的波涛汹涌都是被它所过后动流转的。

无常的本身并无是非悲喜可言，我们在欢喜成功之际，感觉生命的变动是好的，值得歌颂的；我们在悲痛失意之时，感觉无常的迁流是坏的，令人怀忧的。但是，这都仅是个人的感受，犹如大河上的枯叶花瓣，转瞬就会无踪，大河的本身只是永远地向海洋流去，是不会因我们的感受而改变面目的。

如此思索起来，无常不是真正可悲的所在，在无常里迷失本性，在成功中就沉迷，在失败时就沦落，甚至为远去的成败或狂歌失态或颓丧忧悔，这，才是最大的悲哀，宋朝的方会禅师写过一首偈：

心随万境转，
转处实能幽。
随流认得性，
无喜亦无忧。

让我们细心体会，并来超越生命的无常吧！

惜别的海岸

与其被昨日无可挽回的爱别离所折磨，
还不如回到现在

————————

在恒河边，释迦牟尼佛与几个弟子一起散步的时候，他突然停住脚步问：

"你们觉得，是四大海的海水多呢？还是无始生死以来，为爱人离去时，所流的泪水多呢？"

"世尊，当然是无始生死以来，为爱人所流的泪水多了。"

弟子们都这样回答。

佛陀听了弟子的回答，很满意地带领弟子继续散步。

我每一次想到佛陀和弟子说这段话时的情景，心情都不免为之激荡，特别是人近中年，生离死别的事情看得多了，每回见人痛心疾首地流泪，都会想起佛陀说的这段话。

在佛教所阐述的"有生八苦"之中，"爱离别"是最能使人心肝摧折的了。爱离别指的不仅是情人的离散，还指的是一切亲人、一切好因缘终究会有散灭之日，这乃是因缘的实相。

因缘的散灭不一定会令人落泪，但对于因缘的不舍、执着、贪爱，却必然会使人泪下如海。

佛教有一个广大的时间观点，认为一切的因缘是由"无始劫"（就是一个无量长的时间）来的，不断地来来去去、生生死死、起起灭灭，在这样长的时间里，我们为相亲相爱的人离别所流的泪，确实比天下四个大海的海水还多，而我们在爱别离的折磨中，感受到的打击与冲撞，也远胜过那汹涌的波涛与海浪。

不要说生死离别那么严重的事，记得我童年时代，每到寒暑假都会到外祖母家暂住，外祖母家有一大片柿子园和荔枝园，有八个舅舅，二十几个表兄弟姊妹，还有一个巨大的三合院，每一次假期要结束的时候，爸爸来带我回家，我总是泪洒江河。有一次抱着院前一棵高大的椰子树不肯离开，全家人都围着看我痛哭，小舅舅突然说了一句："你再哭，流的眼泪都要把我们的荔枝园淹没了。"我一听，突然止住哭泣，看到地上湿了一大片，自己也感到非常羞怯，如今，那个情景还时常从眼前浮现出来。

不久前，在台北东区的一家银楼，突然遇到了年龄与我相仿的表妹，她已经是一家银楼的老板娘，还提到那段情节，使我们立刻打破了二十年不见的隔阂，相对一笑。不过，一谈到家族的离散与寥落，又使我们心事重重，舅舅舅妈相继辞世，连最亲爱的爸爸也不在了，更觉得童年时为那短暂分别所流的泪是那么真实，是对更重大的爱别离在做着预告呀！

"会者必离，有聚有散"大概是人人都懂得的道理，可是在真正承受时，往往感到无常的无情，有时候看自己种的花凋零了、一棵树突然枯萎了，都会怅然而有湿意，何况是活生生的亲人呢？

爱别离虽然无常，却也使我们体会到自然之心，知道无常有它的美丽，想一想，这世界上的人为什么大部分都喜欢真花，不爱塑胶花呢？因为真花会萎落，令人感到亲切。

凡是生命，就会活动，一活动就有流转、有生灭，有荣枯、有盛衰，仿佛走动的马灯，在灯影迷离之中，我们体验着得与失的无常，变动与打击的苦痛。

当佛陀用"大海"来形容人的眼泪时，我们一点都不觉得夸大，只要一个人真实哭过、体会过爱别离之苦，有时觉得连四大海都还不能形容，觉得四大海的海水加起来也不过我们泪海中的一粒浮沤。

在生死轮转的海岸，我们惜别，但不能不别，这是人最大的困局，然而生命就是时间，两者都不能逆转，与其跌跤而怨恨石头，还不如从今天走路就看脚下；与其被昨日无可挽回的爱别离所折磨，还不如回到现在。

唉！当我说"现在"的时候，"现在"早已经过去了，现在的不可留，才是最大的爱别离呀！

凡是生命，就会活动，
一活动就有流转、有生灭，有荣枯、有盛衰，
仿佛走动的马灯，
在灯影迷离之中，
我们体验着得与失的无常，
变动与打击的苦痛。

宿命之情

一切的故事无非是在探索人生的爱恨情仇

————————

　　偶尔读小说，看电视、电影，总是发现一切的故事无非是在探索人生的爱恨情仇，大部分的作者一辈子都在人生的情欲中打转，好像永远也不想走出来一样。

　　特别是一种类型的情感最令人感兴趣，就是富豪家族的明争暗斗、恩怨情仇。

　　在我们的眼里，富裕能够解决人生的许多问题，而富有者照理应该比一般人有幸福的可能。但是我们在小说、电视、电影里看到的并非如此，它通常反映出几种情况，一是富人的婚姻爱情充满了罪恶和泥沼；二是富人的生活往往是苦多于乐；三是富人的财富不但不能满足人的贪婪，反而会点起更深更广的贪欲的火花，使人充满了嗔恨和愚痴。

　　自然，这只是人生的一种标本，并非全盘如此，贫困者的痛苦绝对不逊于富人，只是大家不喜欢打开电视看到贫困的人落难罢了，仿佛是说："穷人本来就悲惨，还有什么好说的呢？"

　　其实大家比较少地想到的问题是：会沉沦的人，无论贫富都会沉沦，与他的环境关系不大。若说富人经不起诱惑，那么贫者有几人能够脱出诱惑呢？

　　实际的人生也是如此，有时看新闻给人的感觉也像在读小说，或者看电视连续剧。

　　有权有势的人，养尊处优，生活无虑，照理说人格应比平民百姓高尚一些，结果不然，他们有些为了一些不是急需的小钱就贩卖自己的人格。那有广大的人民做后盾的人，意气风发，聪明饱学，待遇优厚，照理说不会出卖人民，结果不然，他们有些为了私我利益，把正义公理拿来践踏。

　　看到这些出乎意料的"剧情"，总是令人感叹！觉得做一个平凡的人，做一个不被拿出来演出的人，在某一层次上还是幸福的。

　　在金钱里似乎有这样的宿命，爱钱者不论穷通，仍然爱钱；不爱钱者，就是一生落魄，也能一毛不取。前者发生在一位民意代表上：我家里的财产有四五亿，怎么会在乎那区区几十万呢？也使人难以相信，后者发生在机场，清洁工人捡到了百万现款，也能于心不昧，全身都散发着金色的光芒。

　　爱情的宿命也仿佛如此，穷愁潦倒时会背信弃义者，不论他多么的富有，也一样会背弃。反之，能感恩念旧的穷人，纵然再贫困，也不至于无情无义。环境、诱惑也者，只是借口罢了——没有汽油的桶子，火柴如何使其燃烧呢？

这种背弃的宿命使人无奈，但不背弃的宿命才更令人泣血。

不背弃的宿命，我们可以在小说、电影、电视里看见的是：两位顽固而充满仇恨的家长，往往一位生了男孩，而另一位生了女孩。仇家的儿子与女儿总会因为某种巧合相遇，一见钟情，然后用爱情与生命联合起来向父母抗争。

结局其实可以是喜剧：化干戈为玉帛，大团圆结束。但结局通常是悲剧的：其一是气死父母，其二是牺牲儿女，两种都可以使两家痛苦一生，而观众则痛苦几个晚上。

我常想的两个问题是：一，为什么仇恨的父母总有相爱的儿女呢？这一点也不奇怪，因为情爱与仇恨的本质相同，只是面貌不同。二，为什么没有一个故事是父母很亲爱，儿女却充满仇恨？这也不奇怪，因为人情感的萌芽是以爱开始，以恨为终，先有爱，才会有恨，很少是由恨生爱的。动人的爱情故事总是在仇恨中挣扎的故事；好看的金粉世界通常就是在欲望中沉浮的故事。

互不背弃而又活活折翼的故事是人生最无奈的现实。人生的牌局里有一张 A，它可以是最大，也可以是最小，可悲悯的是，大部分的人拿到 A 时，不管其他的牌如何，总把它当最大的牌来打。

人被小利蒙蔽时，哪里想到会毁掉一生的基业呢？人在仇恨之中，哪里能看到别人情义的珍贵呢？这都是拿到一张小 A 当大牌打的结果。

在别人的宿命里，我们清楚地看见人生有更多可以沉思的东西，如果我们不善于深思看清整副牌，往往自己就会掉进那令人扼腕的宿命里去了。

爱钱者不论穷通，仍然爱钱；
不爱钱者，就是一生落魄，
也能一毛不取。

以寻死之心活着

以寻死的心情活着，
就没有不能走过的难关

————————

　　从前有一对夫妇，因为遭遇了生活与经济的压力，陷入难以脱困的难关，到过年的时候，他们觉得痛苦不堪，于是商议两个人一起自杀。

　　正当他们准备自杀之时，一个远方的朋友来敲门，他们便像青年时代一样促膝长谈，直到忘记了自杀。

　　第二天，朋友告辞，夫妇俩面面相看，又想起自杀的事。妻子对丈夫说："昨天夜里我翻来覆去地想，只要我们能以寻死的心情活着，我们也许可以生存下去，渡过难关。"丈夫说："这也正是我想对你说的话。"

　　夫妻两人这样想时，心境整个为之扭转，不但有勇气继续活下去，甚至因"以寻死的心情活着"，而使内在世界得到新的广大的开发。如此，不仅可以生存下去，远大的前景也如在眼前了。

这是日本近代禅师关田一月在《禅的训练》一书中说的故事，他在结论中说："每逢到人生绝境的时候，往往会出现一个新的意念而展开一个新的境界，只要我们稍稍忍耐，便有雨过天晴的时候。"

"以寻死的心情活着！"多么美呀！这个世界濒临难关，甚至准备自杀的人，只要能品味这句话，就会激发无比的勇气，自杀是多么怯弱的行为，以寻死之心活着来跨越苦难世界，这是承担，是决心，充满了奋斗的勇气。

在禅里，这样决然的心情，叫作"大死一番""悬崖撒手""向万里无寸草处行去"，不只是对悟道者有用，对一般人的生命历程也大有启发。

我们虽然同样住在一个世界，有的人觉得世界充满了压迫、威胁和难关，有些人却觉得世界美好、生动，充满了爱。这两种态度并没有什么对错，而是由自己的心情、意识、观点，生起了对世界的分别。很少人能理解到："有着崇高超越的心情，自己的行为、思想会随之崇高，所面对的世界也都变得崇高清净了。"也很少人能理解到："人们承受的麻烦、挣扎、焦虑、艰难，都是背负自我执着的外壳。"因此人人想转动世界来使自己得到世俗的成功，却很少人愿意转动心灵来得到俗情的超越。

我们太执着于所习惯的世界，即使饱受折磨，也不愿全盘放下，因此新世界就不会展开了。

所谓"新世界"，就是自由的心、自觉的意识，由"打落桶底""以寻死的心情活着"而生起的。

有一位镜清道怤禅师，他的口头禅是"我失败了""我输了""我失利了"，可以说是"以寻失败的心情活着"，我们来看三个镜清的公案：

有一天，镜清在默读经文，一位僧人问他：

"师父，你念什么经呢？"

镜清说："我正在让古人战百草。"稍停，镜清反问："你明白吗？"

僧人说："这种事，我从年少时就开始做了。"

"那现在怎么样了呢？"镜清再问。

僧人举起拳头。

镜清说："我输了。"

荷玉来参镜清。

镜清问："你从哪里来？"

荷玉说："我从天台山来。"

镜清又问："谁问你天台山？"

荷玉说："师父，你一下问天台山，一下不问，不是虎头蛇尾吗？"

镜清说："我今天失败了。"

新到的僧人参见镜清和尚。

镜清立起拂子。僧人说：

"久已向往镜清和尚来参见，怎么还有这种东西？"

镜清回答说："镜清今天失利！"

镜清之所以伟大，那是他常说："我失利了！我输了！我失败了！"他的境界中没有成败的执着，弟子以为在言语上击败了老师，事实不然，因为"失败者不会再被击败"，因为学生在心思上偏执，而老师则恒常超越。

这就是六祖说的："修证即非无，染污即不得。"得到了的人，得之无得，把抓紧悬崖的双手张开，却发现还稳稳地站着，只有微风飘动着衣带。

文天祥在被围城时曾说："存心时时可死，行事步步求生。"此所以他能在最后写出动人心魄的《正气歌》，人生没有什么可悲，可悲的是自断生路，失去了转动超越的心，试着转一个圈子吧！以寻死的心情活着，就没有不能走过的难关！把自己像镜清禅师一样压到最低的底线吧！人生是如此！禅何尝不如此！

脱下华服

情势逼得我们不能不赤脚，
说不定正是加速快跑的好时机呢

——————————

最近与一些经商的朋友聊天，话题总是脱离不开经济不景气，经济不景气对上班族的影响可能不大，对于中小企业的负责人影响却很大，要面临减产、停产，甚至结束营业的困境。

比较欣慰的是，虽然目前的经营面临困境，基本的生活所需在短期内还不会有问题，只是出手不能像从前一样阔绰大方了。

朋友问我的看法，以及因应之道，我说："这就像我们中年发福一样，从前的旧裤子勉强可以穿，但穿了不舒服，没有余钱买新裤子，旧裤子也不能改，只有减肥去穿旧裤子了。"

"为了穿从前的旧裤子而减肥，不是笑话吗？"朋友说。

"是呀！但是如果要选没有裤子穿，或减肥来适应旧裤子，也只有选择后者了。"我说。

从前台湾地区的经济确实像一个人突然身材发福一样，看起来体面，身体却没有从前硬朗结实。而为了掩饰自己虚胖的身材，不免要在外表上讲究，就好像许多中年人开名车、用名牌、住华屋，平白增加许多额外的负担。现在负担不起了，当然要把身外的东西放下，回来锻炼身体，只要体质强健，布衣粗食也一样过，我们不都是从布衣粗食开始的吗？再回到布衣粗食不但没什么可怕，对体质不佳的中年人健康反而有益。

我对朋友说："不用担心，尽心支撑就是了，你有厂房又有住宅，手上的腕表卖了可以吃几个月，开的车子卖了可以吃一年，满橱子的衣服一生也穿不完，究竟怕什么呢？"

其实，我们担心的是不能像从前那么享受了，可是，从前的从前，我们三餐都是番薯签配菜干，不也长大成人吗？有一句俗语说："穿皮鞋的跑不过打赤脚的。"那是由于穿了皮鞋，负担大、顾虑多，往往不能像打赤脚的人无所畏惧、勇往直前，现在情势逼得我们不能不赤脚，说不定正是加速快跑的好时机呢！

对于环境和社会我一向都抱持正面的看法，那是由于我曾经生活过 40—50 年代的台湾农村，吃番薯叶子，穿肥料袋子，住土块房子，点臭油灯仔，甚至一年只有一条裤子的岁月，生活虽然贫困，却是心安理得，不觉得有多艰难与恐惧，那么，现在还怕什么呢？

我想到日本有一位桃水禅师，他的法席很盛，许多学生千里迢迢来跟他学禅，但学生往往不能承受他严格的考验，大多半途而废，桃水禅师非常失望，有一天突然从他主持的寺院失踪了。

三年后，他被一位门人偶然发现和一群乞丐在京都的一座桥下，门人立刻向他顶礼，请求他指示禅法，桃水说："如果你能像我一样，在这里住几天，我就可以教你。"

这个学生欣喜若狂，立刻脱下华服和桃水、乞丐住在一起。第二天，同住的乞丐死了一人，桃水和门人在午夜把那人的尸体抬到山边埋了，仍然回到桥下睡觉。桃水倒头便呼呼大睡，门人却失眠了，他为人的死而感伤，不明白桃水如何能若无其事地睡去。

第二天天亮，桃水很高兴地对门人说："真好！那个死了的同伴还留下一些食物，我们今天不必出去乞食了。"

然后，他把乞丐的食物拿来分成两半，自己很有兴味地吃起来，门人却一口也不能吞咽。桃水吃完了，对门人说："我曾说过你无法跟我学习的。"

门人不禁默然，桃水挥挥手说："你走吧！"门人于是向桃水黯然拜别了。

这个故事极有深意，桃水的学生虽然脱下身上的华服，却未能脱下心里的华服，因而不能安于一无所有的日子。我们或许无法做到像桃水一样，但脱下一些华服与放下身段并不困难。

平常我们的日子过得舒坦，劝人放下是很难的，到了紧急的时机，放下也就变得理所当然，经济不景气之于人生，或许是令人苦痛的经验，但经济萧条对于禅悟，或许正是大破大立的时机。

竖琴和法国号

形状与本质之间也有着超越思维的关联呀

────────────

我喜欢竖琴和法国号的音乐，说来奇特，是先爱上它的样子。

二十几年前的乡下没有什么音乐环境，乡下人知道的音乐大概不离歌仔戏、南北管，或者是一些普通话和闽南语的老歌，最前进的人也只知道钢琴和小提琴。

我也蛮喜欢钢琴和小提琴音乐，却不喜欢演奏时的样子。拉小提琴的人总是歪着脖子，感觉上不是很轻松自由；弹钢琴的人则是面前一具粗大笨重的大木箱，线条与造型不是很有美感的。

读小学的时候，去看了一场电影，看到一个身穿白袍的少女弹竖琴，琴旁置满了纯白的马蹄兰，那个画面令我为之着迷，那时候也没有听清楚竖琴的声音，但仿佛觉得"演奏音乐就应该像那个样子"，轻柔、舒坦，有一种灵性之美。以后，每看到有竖琴的唱片，就存钱买一张来听，才发现竖琴的声音单纯素朴，好像春天时开放的野百合花，颜色、形状高雅，香气轻淡、芬芳。

后来又发现，凡是演奏竖琴的少女都有一种特别的气质，美以及不凡，给人一种"人琴合一"的觉受。

喜欢法国号则是一个特别的机缘。我读初一时，有一个堂哥在高中的乐队，是吹奏小喇叭的。他每天在阳台上练习，常吹得脸红脖子粗、青筋暴露。当他吹小喇叭时，家里的人总是落荒而逃，只有我每天做忠实的听众，看一个乡下青年借小喇叭吹出他的叛逆心声。

有一天，堂哥不知从何处买来一把法国号，那卷曲的圆形有一点像园子里的蜗牛。堂哥把法国号倒盖在桌上，每天拿出来一再擦拭，感觉就像是虔诚地供养着某种圣物。他拿起法国号时，眼中充溢的光芒与神采，至今回想起来都令我动容。

堂哥仍然在阳台上吹奏小喇叭，吹完了，他就练习法国号。法国号的声音比小喇叭温柔多了，有着一种和平浪漫的气质，像是草原中呼呼拂过的风声，或是山谷中突然升起的一朵白云，真是美极了。

我听的法国号唱片都是堂哥买的，有时在静夜里，我们一起听法国号，心情都会为之迷荡，然后相对地谈论着日后要一起到台北去闯一番天下，赚到钱则买很多很多最好的唱片来听。

堂哥后来并没有到台北来，留在乡下做消防队员。有一次回到乡下，他的法国号还在，但他说："已经很久很久没有吹过了。"我看那支仍擦得晶亮，被保存完好的法国号挂在壁上，知道堂哥的梦想已经被现实生活所深埋了。

竖琴，可以说充满了女性的妩媚；法国号，则象征了男人的温柔。都是我心中最美丽的乐器，而由乐器的形状竟爱上了那特别的音乐，想起来，人生的因缘真是不可思议，形状与本质之间也有着超越思维的关联呀！

对于音乐我向来都有着一种神秘的、关于创造力的向往，几乎是可以全盘接受的，像意大利的歌剧、希腊的四弦琴、印度的西塔琴、中国的南胡、欧洲的排箫，乃至乡下的唱大戏、非洲的鼓乐都有令人动容之处。摇滚乐、流行歌、乡村歌谣、黑人灵歌也是这样的。

但是说来说去，最喜欢的还是竖琴与法国号，每次在生命的欢喜与悲情中，在悲欣交集之际，听起来，就感觉到应该珍惜人生，因为在生活中我们可以整个感觉、整个心情都融入音乐，实在是一种幸福，而那样幸福的时刻并不太多呀！

平凡最难

那些自命为大人物者，
何尝不也是宇宙中的一粒沙尘呢

————————

与几位演员在一起，谈到演戏的心得。

有一位说："我喜欢演冲突性强的人物，生命有高低潮的。"另一位说："怪不得你演流氓演得好，演教师就不像样了。"

还有一位说："每次演悲剧就感觉自己能完全投入，演得真是悲惨；可是演喜剧就进不去，喜剧的表演真是比悲剧难呀！"另外一位这样搭腔："那是由于在本质上，人生是个悲剧，真实的痛苦很多，真实的快乐却很少。"

大家七嘴八舌地讲自己对演出与人生的看法，却得到了两个根本的结论：一是不管电影、电视或舞台，演流氓、妓女、失败者、邪恶者、落拓者总是容易一些，也可以演得传神，那是因为大家对坏的形象有一种共同的认知；可是对善良的、乐观的人生却没有共同的标准。二是全世界最难演的人，就是那些平顺着过日子、没有什么冲突的人，像教师、公务员、小职员、家庭主妇，因为他们的一生仿佛一开始就是那个样子，结束也就是那个样子了。

一个演员感慨地说："平凡是最难演的呀！"

我们如果把这句话稍做转换，可以变成是："平凡是最难的呀！"或者说："安于平凡是最难的呀！"尤其是当一个人可以选择轰轰烈烈地过日子时，他却选择了平凡；当一个人只要动念就可能获名得利满足欲望时，他却选择了平凡；当一个人位高权重时，他毅然选择了平凡。

最难得的是，一个人在多么不平凡的情况下，还有平凡之心，知道如何走进平凡人的世界，知道这世界原是平凡者所构成，自己的不平凡是多数人安于平凡所造成的结果。

平凡者，就是平顺、安常、知足，平凡人的一生就是平安知足的一生。一个社会格局的开创固然需要很多不凡人物的创造，但一个社会能持久安定，维持文化的尊严与品格，则需要许多平凡人的默默奉献与牺牲。

每个人青年时代的立志，多是要做顶天立地的大丈夫，要做叱咤风云的大人物；可是到了后来才发现，其实自己也不过是社会里平凡的一分子，没能成为真正的大英雄、大豪杰。但我们从更高的角度看，那些自命为大人物者，何尝不也是宇宙中的一粒沙尘呢？

这并不是说我们不要立大志，而是当我们往大的志向走去时，不管成功或失败，都要知道"平凡最难"！

　平凡不只是演员在戏台上最难扮演，在实际人生里也是最难的一种演出。

　每个人青年时代的立志，
　多是要做顶天立地的大丈夫，要做叱咤风云的大人物；
　可是到了后来才发现，
　其实自己也不过是社会里平凡的一分子，
　没能成为真正的大英雄、大豪杰。

每天的早晨、黄昏
我抽出半个小时来除草、浇水、松土
一方面活动了久坐的筋骨
一方面也想起从前在乡间耕作的时光
在劳苦之中感觉到生活的踏实

第二辑

温一壶月光下酒

掬水月在手，
弄花香满衣

琴手蟹

如果要用有形来买无形,
都是有罪的

————————

　　淡水是台北市郊我常常去散心的地方,每到工作劳累的时候,我就开着车穿过平野的稻田到淡水去。也许去吃海鲜,也许去龙山寺喝老人茶,也许什么事都不做,只坐在老河口上看夕阳慢慢地沉落。我在这种短暂的悠闲中清洁自己逐渐被污染的心灵。

　　有一次在淡水,看着火红的夕阳消失以后,我就沿着河口的堤防缓慢地散步,竟意外地在转角的地方看到一个卖海鲜的小摊子,摊子上的鱼到下午全失去了新鲜的光泽,却在摊子角落的水桶中有十几只生猛的螃蟹,正轧轧轧地走动,嘴里还冒着气泡。

　　那些螃蟹长得十分奇特,灰色斑点的身躯,暗红色的足,比一般市场上的蟹小一号,最奇怪的是它的钳,右边一只钳几乎小到没有,左边的一只却巨大无朋，几乎和它的身躯一样大，真是奇怪的造型。

经过一番讨价还价，我花了一百元买了二十四只螃蟹（便宜得不像话）。回到家后它们还是活生生地在水池里乱走。

夜深了，我想到这些海里生长的动物在陆地上是无法生存的，正好家里又存了一罐陈年大曲，我便把大曲酒倒在锅子里，把买来的大脚蟹全喂成东倒西歪的"醉蟹"，一起放在火上烹了。

等我吃那些蟹时，剖开后才发现大脚蟹只是一具空壳，里面充满了酒，却没有一点肉。正诧异的时候，有几个朋友夜访，要来煮酒论艺。其中一位见多识广的朋友看到桌上还没有"吃完"的蟹惊叫起来："哎呀！怎么把这种蟹拿来吃？"

"这蟹有毒吗？"我被吓了一大跳。

"不是有毒，这蟹根本没有肉，不应该吃的。"

朋友侃侃谈起那些蟹的来龙去脉，他说那种蟹叫"琴手蟹"，生长在淡水河口，由于它的钳一大一小相差悬殊，正如同一个人手里拿着一把吉他一样——经他一说，桌上的蟹一刹那间就美了不少。他说："古人说焚琴煮鹤是有罪过的，你把琴手蟹拿来做醉蟹，真是罪过。"

"琴手蟹还有一个名字，"他说得意犹未尽，"叫作'招潮蟹'，因为它的钳一大一小，当它的大钳举起来的时候就好像在招手。在海边，它时常举着大钳面对潮水，就好像潮水是它招来的一样，所以海边的人都叫它'招潮蟹'。传说没有招潮蟹，潮水就不来了。"

经他这样一说，好像吃了琴手蟹（或者招潮蟹）真是罪不可恕了。

这位可爱的朋友顺便告诫了一番吃经，他说凡物有三种不能吃：一是仙风道骨的，像鹤，像鸳鸯，像天堂鸟都不可食；二是艳丽无方的，像波斯猫，像毒蕈，像初开的玫瑰也不可食；三是名称超绝的，像吉娃娃，像雨燕，像琴手蟹，像夜来香也不可食。凡吃了这几种都是辜负了造物的恩典，是有罪的。

说得一座皆惊，酒兴全被吓得魂飞魄散。他说："这里面有一些道理，凡是仙风道骨的动植物，是用来让我们沉思的；艳丽无方的动植物是用来观赏的；名称超绝的动植物是用来激发想象力的。一物不能二用，既有这些功能，它的肉就绝不会好吃，也吃不出个道理来。

"我们再往深一层去想，凡是无形的事物就不能用有形的标准来衡量，像友谊、爱情、名誉、自尊、操守等，全不能以有形的价值来加以论断。如果要用有形来买无形，都是有罪的。"

朋友滔滔雄辩，说得头头是道，害我把未吃完的琴手蟹赶紧倒掉，免得惹罪上身。但是这一番说辞使我多年来在文化艺术思索的瓶颈豁然贯通。文化的推动靠的是怀抱，不是金钱；艺术的发展靠的是热情，不是价目，然而在工商社会里仿佛什么都被倒错了。

没想到一百元买来的"琴手蟹"（为这三个字好像那蟹正拨着一把琴，传来叮叮当当的乐声）惹来这么多的麻烦，今夜重读《金刚经》，读到"一切众生皆有佛性，本来不生本来不灭，只因迷悟而致升沉"时突然想起那些琴手蟹来，也许在迷与悟之间，只吃了一只琴手蟹，好像就永劫堕落，一直往下沉了。

也许，琴手蟹的前生真是一个四处流浪弹琴的乐手呢！

也许去吃海鲜，
也许去龙山寺喝老人茶，
也许什么事都不做，
只坐在老河口上看夕阳慢慢地沉落。
我在这种短暂的悠闲中清洁自己逐渐被污染的心灵。

屋顶上的田园

但愿有一天能把菜种在真正的土地上

————————

连续来了几场台风，全台湾又为菜价的昂贵而沸腾了。我们家是少数不为菜价烦恼的家庭。

那年春天，我坐在屋顶阳台乘凉的时候，看着空荡荡的阳台，心想："为什么不在阳台上种点东西呢？"我想到居住在乡间的亲戚朋友，每一小片空地也都是尽量利用，空着三十几平方米的阳台岂不是太可惜？

于是，我询问太太和孩子的意见："到底是种花好呢，还是种菜好？"都认为种菜好，因为花只是用来看的，菜却能吃进肚子里，而台湾的农药问题是如此地可怕。

孩子问我："爸爸，你真的会种菜吗？"

我听了大笑起来，那是当然的啊！想想老爸是农人子弟，从小什么作物没有种过，区区一点菜算得了什么！

自己吹嘘半天，却也有一些心虚起来。我的祖父、父亲都是农夫，我小时候虽也有农事的经验，但我少小离家，那已经是很遥远的事了。

种菜，首先要整地，立刻就面临要在阳台上砌砖围土的事情，这样工程就太浩大了。我和孩子一起讨论："如果我们找来 30 个大花盆，每一个盆子栽一种菜，一个月之后，我们每天采收一盆，就会天天有蔬菜吃了。"

我把从前种花时弃置的花盆找出来，一共有 18 个，再去花市买了 12 个塑胶盆子。泥土是在附近的工地向工地主任要来的废土，种子是托弟媳在乡下的市场买的。没有种过菜的人，一定想不到菜的种子非常便宜，一包才 10 元，大概种一亩地都没问题。如果种一盆，种子的成本不到一毛钱。小贩在袋子上都写了菜名，乡下的菜名和普通话不同，因此搞了半天，才知道"格林菜"是"芥蓝菜"，"蕹菜"是"空心菜"，"美仔菜"是"莴苣"，那些都是菜长出来后才知道的。其实，所有的青菜都很好吃，种什么菜都是一样的。

我先把工地的废土翻松。在都市里的土地从未种作过，地力未曾使用，应该是很肥沃的，所以，种菜的初期，可以不使用任何肥料。我已经想好我要用的肥料了，例如淘米的水、煮面的汤、菜叶果皮以及剩菜残羹等。

叶菜类的生长速度非常快，从发芽到采收只要三个星期的时间，几乎每天都为看到叶菜茂盛生长而感到喜悦，特别是像空心菜、红凤菜、番薯叶，一天就可以长一寸长。

我也确定了采收和浇水的方法。

一般的菜农采收叶菜，为了方便起见，都是整棵从地里拔起。我们在阳台种菜格外艰辛，应该用剪刀来采收，例如摘空心菜，每次只采最嫩的部分，其根茎就会继续生长，隔几天又可以收成了。

浇水呢？曾经自己种菜的弟弟告诉我，如果用自来水来浇灌，不仅菜长不好，而且自来水费比菜价还高。我找来一些大桶放在阳台，以便下雨时可以积水，平常则请太太帮忙收集淘米洗菜的水甚至洗手洗澡的水，既是用花盆种菜，这样的水量也就够了。

我种的第一批菜快要可以收成的时候，发现菜园来了一些蜗牛、蚱蜢等小动物，它们对采收我的菜好像更有兴趣、更急切。这使我感到心焦，因为我是不杀生、不使用农药的，把小虫一只一只抓走又耗去了太多时间。有一天，一位在阳明山种兰花的朋友来访，我请他参观阳台的菜园。他说他发明了一种农药，就是把辣椒和大蒜一起泡水，一桶水里大约辣椒十根、大蒜十瓣，然后装在喷水器里，喷在花盆四周和菜叶上，既卫生无毒，又有奇效。从此，我大约每星期喷一次自制的"农药"，果然再也没有虫害了。

自从我种的菜可以采收之后，每次有朋友来，我都摘菜请客。他们很难相信在阳台可以种出如此甜美的菜。有一位朋友吃了我种的菜，大为感慨："在台北市，大概只有两个大人物自己在屋顶上种菜，一个是王永庆，一个是林清玄。"我听了大笑。大人物是谈不上，不过吃自己种的青菜确实非常踏实，有成就感。

　　还有一次，主持《玫瑰之夜》的曾庆瑜小姐来访，看到我种的菜，大为兴奋，摘了一棵红凤菜，也没有清洗，就当场大嚼起来，我想阻止她已经来不及了。如果告诉她农药和肥料的来源，她吃得一定更有"味道"了。

　　从开始种菜以来，我就不再担心菜价的问题了。每有台风来的时候，我把菜端到避风的墙边，每次也都安然度过，真感觉到微小的事物中也有幸福欢喜。

　　每天的早晨、黄昏，我抽出半个小时来除草、浇水、松土，一方面活动了久坐的筋骨，一方面也想起从前在乡间耕作的时光，在劳苦之中感觉到生活的踏实。

　　我常想，地球上的土地是造物者为了生养人类而创造的，如今却有很多人把土地作为占有与获利的工具，真是辜负了土地原有的价值。

　　想到在东京银座有块土地的日本人却将土地拿来种稻子，许多人为他不把土地盖成昂贵的楼房而种粗贱的稻米感到不可思议，那是因为他们已经日渐忘记土地的意义了。东京银座那充满铜臭的土地还可以生长稻子，不是值得欢喜雀跃的事吗？

　　我在阳台上种菜是不得已的，但愿有一天能把菜种在真正的土地上。

温一壶月光下酒

用一个空瓶把今夜的桂花香装起来

────────────

　　煮雪如果真有其事，别的东西也可以留下，我们可以用一个空瓶把今夜的桂花香装起来，等桂花谢了，秋天过去，再打开瓶盖，细细品尝。

　　把初恋的温馨用一个精致的琉璃盒子盛装，等到青春过尽垂垂老矣的时候，掀开盒盖，扑面一股热流，足以使我们老怀堪慰。

　　这其中还有许多意想不到的情趣，譬如将月光装在酒壶里，用文火一起温来喝……此中有真意，乃是酒仙的境界。

　　有一次与朋友住在狮头山，每天黄昏时候在刻着"即心是佛"的大石头下开怀痛饮，常喝到月色满布才回到和尚庙睡觉，过着神仙一样的生活。最后一天我们都喝得有点醉了，携着酒壶下山，走到山下时顿觉胸中都是山香云气，酒气不知道跑到何方，才知道喝酒原有这样的境界。

有时候抽象的事物也可以让我们感知，有时候实体的事物也能转眼化为无形，岁月当是明证，我们活的时候真正感觉到自己是存在的，岁月的脚步一走过，转眼便如云烟无形。但是，这些消逝于无形的往事，却可以拿来下酒，酒后便会浮现出来。

喝酒是有哲学的，准备许多下酒菜，喝得杯盘狼藉是下乘的喝法；几粒花生米和盘豆腐干，和三五好友天南地北是中乘的喝法；一个人独斟自酌，举杯邀明月，对影成三人，是上乘的喝法。

关于上乘的喝法，春天的时候，可以面对满园怒放的杜鹃细饮五加皮；夏天的时候，在满树狂花中痛饮啤酒；秋日薄暮，用菊花煮竹叶青，人与海棠俱醉；冬寒时节则面对篱笆间的忍冬花，用蜡梅温一壶大曲。这种种，就到了无物不可下酒的境界。

当然，诗词也可以下酒。

《历代诗余》引俞文豹在《吹剑录》中谈到的一个故事，提到苏东坡有一次在玉堂，有一幕士善歌，东坡因问曰："我词何如柳七（即柳永）？"幕士对曰："柳郎中词，只合十七八女郎，执红牙板，歌'杨柳岸，晓风残月'。学士词，须关西大汉、铜琵琶、铁绰板，唱'大江东去'。"东坡为之绝倒。

这个故事也能引用到饮酒上来，喝淡酒的时候，宜读李清照；喝甜酒时，宜读柳永；喝烈酒则大歌东坡词；其他如辛弃疾，应饮高粱小口；读放翁，应大口喝大曲；读李后主，要用马祖老酒煮姜汁到出怨苦味时最好；至于陶渊明、李太白则浓淡皆宜，狂饮细品皆可。

喝纯酒自然有真味，但酒中别掺物事也自有情趣。范成大在《骖鸾录》里提到："番禺人作心字香，用素茉莉未开者着净器中，以沉香薄劈层层相间，日一易，不待花蔫，花过香成。"我想，做茉莉心香的法门也是掺酒的法门，有时不必直掺，斯能有纯酒的真味，也有纯酒所无的余香。我有一位朋友善做葡萄酒，酿酒时以秋天桂花围塞，酒成之际，桂香袅袅，直似天品。

我们读唐宋诗词，乃知饮酒不是容易的事，遥想李白当年斗酒诗百篇，气势如奔雷，作诗则如长鲸吸百川，可以知道这年头饮酒的人实在没有气魄。

现代人饮酒讲格调，不讲诗酒。袁枚在《随园诗话》里提过杨诚斋的话："从来天分低拙之人，好谈格调，而不解风趣。何也？格调是空架子，有腔口易描；风趣专写性灵，非天才不辨。"在秦楼酒馆饮酒作乐，这是格调；能把去年的月光温到今年才下酒，这是风趣，也是性灵，其中是有几分天分的。

《维摩诘经》里有一段天女散花的记载：正在菩萨为弟子讲经的时候，天女出现了，在菩萨与弟子之间遍撒鲜花，散布在菩萨身上的花全落在地上，散布在弟子身上的花却像粘蜻那样粘在他们身上，弟子们不好意思，用神力想使它掉落也不掉落。天女说："观诸菩萨花不着者，已断一切分别想故。譬如人畏时，非人得其便。如是弟子畏生死故，色、声、香、味、触得其便也。已离畏者，一切五欲皆无能为也。结习未尽，花着身耳。结习尽者，花不着也。"

这也是非关格调，而是性灵。佛家虽然讲究酒、色、财、气四大皆空，我却觉得，喝酒到处几可达佛家境界。试问，若能忍把浮名，换作浅酌低唱，即使天女来散花也不能着身，荣辱皆忘，前尘往事化成一缕轻烟，尽成因果，不正是佛家所谓苦修深修的境界吗？

鸟声的再版

在繁鸟的欢呼中醒来，
感觉就像睡在一座高而清凉的林间
——————————

有时候带一部录音机可以做很多事。

清晨，我们可以在临近海边的树林录音，最好是太阳刚刚要升起的瞬间，林间的虫鸟都在准备醒来，林间充满了不同的叫声，叽叽喳喳窸窸窣窣。而太阳升起的那一刻，不仅风景被唤醒，鸟与虫也都唱出了欢声。这早晨在海滨录下的鸟声，真像一个大型的交响乐团，它们正演奏着雄伟而期待着光明的序曲。

午后最好去哪里录音呢？我们选择靠近溪畔的森茂林间，那是夏天蝉声最盛的时候。蝉声在森林里就像一次庞大的歌唱比赛，每一只蝉都把声音唱得最响，偶尔会听见，一只特别会唱的蝉把声音拔到天空，以为是没有路了，它转了一圈，再拔高上去。蝉声和夏天的温度一样，充满了热力。

黄昏时分，我们到海边去录音，海的节奏是轻缓的，以一种广大的包围推送过来，又以一种温和的宽容往后退去，有时候会传来海鸥觅食的叫声，这时最像室内乐了，变化不是太大，但别有细致美丽的风格。

夜晚的时候就要到潮畔的田野间去了，晚上的虫声与蛙鸣一向最热闹，尤其在繁星照耀的夜晚，每一个星光的范围，都有欢愉的声音。划分起来，一半是虫或蟋蟀，一半是蛙与蛤蟆，可以说是双重奏。在生活上，它们是互相吞吃或逃避的。发为声音，反而有一种冲突的美感。

如果不喜欢交响乐、合唱团、室内乐、双重奏，偏爱独奏的话，何不选择有风的时候到竹林里去？在竹林里录下的风声，使我们知道为什么许多乐器用竹子做材料。风穿过竹林本身就是一种繁复而丰满的音乐。

在旅行、采访的途中，我随身都会带着录音机，主要的录音对象当然是人了，但也常常录下一些自然的声音，鸟的歌唱、虫的低语、海的潮声、风的呼号……这些自然的声音在录音机里显出它特别的美丽。它是那样自由，却又有结构的秩序；它是那样无为，却又充满生命的活力；它是那样单纯，却有着细腻的变化。每次听的时候，我仿佛又回到自然的现场，坐在林间、山中、海滨、湖畔，随着声音，风景整个重现了，甚至使我清楚地回忆到那一次旅程停留的驿站，以及遇见的朋友。当然，也有一些温暖或清冷的回忆。

常常，我把清晨的鸟声放入录音机，调好自动跳接的时间，然后安然睡去，第二天我就会在繁鸟的欢呼中醒来，感觉就像睡在一座高而清凉的林间。蝉声也是如此，在录音机的蝉声中睡醒，使我想起童年时代的午睡，睡在系着树的吊床，一醒来，蝉声总是扑进耳际。

这些声音的再版，还能随着我们的心情调大调小，在我们心情愉悦时听起来就像大自然为我们欢唱；在我们忧伤之际，听起来仿佛也有悲哀的调子。其实，它们广大而恒久不变，以雄浑的背景反映着我们，让我们能在一种极大的风格中沉思，反观自己的内心。

在眼耳鼻舌身意里，我们要从哪一根才能进入智慧呢？从前，我们过分重视意识的思考和眼睛的见解，往往使我们忽视听闻外界与自己的声音，嗅及外界与自己的香气，肤触外界与自己的感觉等，都同样能使我们进入智慧。

我们的观世音菩萨，他正是由耳根进入智慧之门，他的"耳根圆通法门"深深地感动我。观世音菩萨在《楞严经》里说：

"我从闻思修，入三摩地。初于闻中，入流亡所。所入既寂，动静二相，了然不生。如是渐增，闻所闻尽，尽闻不住。觉所觉空，空觉极圆。空所空灭，生灭既灭。寂灭现前，忽然超越世出世间。十方圆明，获二殊胜：

一者，上合十方诸佛本觉妙心，与佛如来同一慈力。

二者，下合十方一切六道众生，与诸众生同一悲仰。"

　　观世音菩萨从闻声、思维、修证进入空性与觉性浑然一体至极圆明的境界，最后甚至超越世间与出世间所有的境界，使他体证到自己的本性和佛一样，具有大慈大能，也使他体会到六道众生的心虑，而与一切众生同样有悲心的仰止。这从声音来的最高境界，是多么动人！

　　那从许多地方录下来的声音，不只是心的洗涤，有时真能令我们体会到空明的觉性，知道佛的慈力与众生的悲仰。当我们在最普通的声音中听见了觉性的空明，会使我们的心流下清明与感恩的眼泪。

清雅食谱

细细的桂花瓣像还活着，
只是在宝瓶里睡着了

————————

有时候生活清淡到自己都吃惊起来了。

尤其对食物的欲望差不多完全超脱出来，面对别人都认为是很好的食物，一点也不感到动心，反而在大街小巷里自己发现一些毫不起眼的东西，有惊艳的感觉，并慢慢品味出一种哲学。正如我常说的，好东西不一定贵，平淡的东西也自有滋味。

在台北四维路一条阴暗的巷子里，有好几家山东老乡开的馒头铺子，说是铺子是由于它实在够小，往往老板就是掌柜，也是蒸馒头的人。这些馒头铺子，早午各开笼一次，开笼的时候水汽弥漫，一些嗜吃馒头的老乡早就在外面了。

热腾腾、有劲道的山东大馒头，一个才五块钱，那刚从笼屉被老板的大手抓出来的馒头，有一种传统乡野的香气，非常的美味，也非常之结实，寻常一般人一餐也吃不了这样一个馒头。我是把馒头当点心吃的，那纯朴的麦香令人回味，有时走很远的路，只是去买一个馒头。

这巷子里的馒头大概是台北最好的馒头了，只可惜被人遗忘。有的馒头店兼卖素油饼，大大的一张，可蒸、可煎、可烤，和稀饭吃时，真是人间美味。

说到油饼，在顶好市场后面，有一家卖饺子的北平馆，出名的是"手抓饼"，那饼烤出来时用篮子盛着，饼是整个挑松的，又绵又香，用手一把一把抓着吃。我偶尔路过，就买两张饼回家，边喝水仙茶，边抓着饼吃；如果遇到下雨的日子，就更觉得那抓饼有难言的滋味，仿佛是雨中青翠生出的嫩芽一样。

说到水仙茶，是在信义路的路摊寻到的，对于喝惯了茉莉香片的人，水仙茶更是往上拔高，如同坐在山顶上听瀑，水仙入茶而不失其味，犹保有洁白清香的气质，没喝过的人真是难以想象。

水仙茶是好，有一个朋友做的冻顶豆腐更好。他以上好的冻顶乌龙茶清焖硬豆腐，到豆腐成金黄色时捞起，切成一方一方，用白瓷盘装着，吃时配着咸花生。品尝这样的豆腐，坐在大楼里就像坐在野草地上，有清冽之香。

有时食物也能像绘画中的扇面，或文章里的小品、音乐里的小提琴独奏，格局虽小，慧心却十分充盈。冻顶豆腐是如此，在南门市场有一家南北货行卖的桂花酱也是如此。那桂花酱用一只拇指大的小瓶装着，真是小得不可思议，但一打开，桂花香猛然自瓶中醒来，细细的桂花瓣像还活着，只是在宝瓶里睡着了。

桂花酱可以加在任何饮料或茶水中，加的时候以竹签挑出一滴，一杯水就全被香味所濡染，像秋天庭院中桂花盛放时，空气都流满花香。我只知道桂花酱中有蜜，有梅子，有桂花，却不知如何做成，问到老板，他笑而不答。"莫非是祖传的秘方吗？"心里起了这样的念头，却也不想细问了。

桂花酱如果是工笔，决明子就是写意了。在仁爱路上有时会遇到一位老先生卖决明子，挑两个大篮用白布覆着，前一篮写"决明子"，后一篮写"中国咖啡"。卖的时候用一只长长的木勺，颇有古意。

听说决明子是山上的草本灌木，子熟了以后热炒，冲泡有明目滋肾的功效，不过我买决明子只是喜欢老先生买卖的方式，并且使我想起幼年时代在山上采决明子的情景。在台湾乡下，决明子唤作"米仔茶"，夏夜喝的时候总是配着满天的萤火入喉。

对于能想出一些奇特的方法做出清雅食物的人，我总是感到佩服，在师大路巷子里有一家卖酸酪的店，老板告诉我，他从前实验做酸酪时，为了使乳酪发酵，把乳酪放在锅中，用棉被裹着，夜里还抱着睡觉，后来他才找出做酸酪最好的温度与时间。

他现在当然不用棉被了，不过他做的酸酪又白又细真像棉花一般，入口成泉，若不是早年抱棉被，恐怕没有这种火候。

那优美的酸酪要配什么呢？八德路一家医院餐厅里卖的全黑麦面包，或是绝配。那黑麦面包不像别的面包是干透的，里面含着一些浓香的水分。有一次问了厨子，才知道是以黑麦和麦芽做成。麦芽是有水分的，才使那里的黑麦面包一枝独秀，想出加麦芽的厨子，胸中自有一株麦芽。

食物原是如此，人总是选着自己的喜好，这喜好往往与自己的性格和本质十分接近，所以从一个人的食物可以看出他的人格。

但也不尽然，在通化街巷里有一个小摊，摆两个大缸，右边一缸卖"蜜茶"，左边一缸卖"苦茶"，蜜茶是甜到了顶，苦茶是苦到了底，有人爱甜，却又有人爱那样的苦。

"还有一种人，他先喝一杯苦茶，再喝一杯蜜茶，两种都要尝尝。"老板说，不过他也笑了："可就没看过先喝蜜茶再喝苦茶的人，可见世人都爱先苦后甘，不喜欢先甘后苦吧！"

后来，我成了第一个先喝蜜茶，再喝苦茶的人，老板着急地问我感想如何。"喝苦茶时，特别能回味蜜茶的滋味。"

有时食物也能像绘画中的扇面，
或文章里的小品、音乐里的小提琴独奏，
格局虽小，
慧心却十分充盈。

高空气球

孩子是高空中的一朵云，
清明而无染，自由没有拘束

————————

带着孩子沿信义路散步，孩子忽然看见远方高楼的顶上有一个非常巨大的气球，正随着黄昏的晚风飘荡，他兴奋地扯着我的手说："爸爸，天空上有个气球。"

顺着他手指的方向，我看见了那一个鲜红色的气球，原来是建筑业寻常使用的广告方式，斗大的宣传字体，在几百米外也看得十分清楚。这是多么平凡的气球，对事事新鲜的三岁孩子，却好像发现了什么新的大陆。

"爸爸，我们去捉气球好不好？"孩子说。

"捉气球干什么呢？"

"我们把气球的绳子剪掉，让它飞到天空去！"这时，我才注意到气球下方的巨大绳子绑住了它。

我看着那座十四层的大厦对孩子说："那房屋太高了，我们爬不上去。"

没有料到孩子却说："怎么绑上去的呢？人家上得去，我们也上得去。"

孩子的话使我一呆，对于小孩子来说，天下没有什么难事，天上的星月都摘到怀里，何况是个气球！对大人来说，负担却太重了，即使要摘一个气球，都觉得是不可能的事，甚至于看到气球的时候早就忘记那是气球，觉得只是个广告招牌。

我像突然被点醒了，拍拍孩子的头说："好，我们上去捉气球。"

父子俩于是混进了大楼，坐进电梯，直接搭上顶楼，出电梯以后又爬了一层楼梯才总算到达气球的所在，但眼前景象使我吃了一惊，原来这是一个规划得非常美丽的屋顶花园，各种翠绿的植物正在春天展现它们旺盛的生命力，架上的杜鹃和菊花正在盛放。

我们终于看到眼前的气球了，那气球真是巨大，在楼底下看见时未能想象的巨大，用一条粗麻绳系紧在屋顶的铁管上，大概是灌了很足的氢气，那麻绳笔直地伸入天空几丈的地方。

孩子非常兴奋，用力地扯那根麻绳，企图要把气球放到空中去，最后终于用尽力气，放弃了。

我们便站在屋顶上，像突然从人潮中被解开绳子到了空中，俯视着下班时蝼蚁一样的人潮，我竟感谢着自己的孩子，要不是他点醒，我不可能为了追一个气球而走进一处从未想象过的花园。

天色快要暗的时候，我们循原路回家，沿途走近了几家狗店。从狗店里流出来兽类独有的气息，群犬在喧闹地乱叫，我正准备掩鼻而过，孩子早已一头闯了进去，说："爸爸，快进来看，好多的狗狗，好可爱！"

仔细地看那些狗，才发现几乎所有的小狗都惹人怜爱，长到中型的狗儿则冷漠地卧着，成犬们见到陌生人不安地狂叫。只有刚出生不久的婴狗，见到任何人都亲昵地撒着娇，我那时在小狗身上好像看见了人。小时是人见人爱的赤子；稍长，是叛逆但无知的少年；成年以后则全身都武装着，随时准备攻击和防御，对陌生和善的人拼命狂叫，不辨善恶。因此狗店的主人把小狗放在廊下玩耍，而愈大的狗则关在愈坚固的牢笼中。

我突然想起孩子的话："怎么绑上去的呢？人家上得去，我们也上得去。""怎么被关起来的呢？既然关得进来，就应该放得出去。"为什么我们自己在小的空间中还不够，养动物时还要关进更小的空间呢？

我没有答应孩子要买狗的要求。

回到家时，看见七八只蟑螂围在一起吃东西，原来是不小心滴落在地上的一滴蜂蜜，我赶紧到处找拖鞋，想要一鞋掌打下去，结束它们的生命，就在我找到拖鞋的时候，孩子猛然大叫起来："爸爸，快来看，好多的蟑螂，多可爱！"使我拿在手中的拖鞋，颓然放下。

那一刻，面对孩子，我感觉自己是多么的可鄙，正像那飘浮在高空的气球，系着一条污黑的解不开的麻绳，孩子既用不着麻绳，也不是气球，他是高空中的一朵云，清明而无染，自由没有拘束。

夜里我梦见自己，正拼命地解开身上的绳子，那绳子却越解越紧。

随风吹笛

只要有自然，
人就没有自暴自弃的理由

————————

远远的地方吹过来一股凉风。

风里夹着呼呼的响声。

侧耳仔细听，那像是某一种音乐，我分析了很久，确定那是笛子的声音，因为箫的声音没有那么清晰，也没有那么高扬。

由于来得遥远，我对自己的判断感到怀疑；有什么人的笛声可以穿透广大的平野，而且天上还有雨，它还能穿过雨声，在四野里扩散呢？笛的声音好像没有那么悠长，何况只有简单的几种节奏。

我站的地方是一片乡下的农田，左右两面是延展到远处的稻田，我的后面是一座山，前方是一片麻竹林。音乐显然是来自麻竹林，而后面的远方仿佛也在回响。

竹林里是不是有人家呢？小时候我觉得所有的林间，竹林是最神秘的，尤其是那些历史悠远的竹林。因为所有的树林再密，阳光总可以毫无困难地穿透，唯有竹林的密叶，有时连阳光也无能为力；再大的树林也有规则，人能在其间自由行走，唯有某些竹林是毫无规则的，有时走进其间就迷途了。因此自幼，父亲就告诉我们"逢竹林莫入"的道理，何况有的竹林中是有乱刺的，像刺竹林。

这样想着，使我本来要走进竹林的脚步又迟疑了，在稻田田埂坐下来，独自听那一段音乐。我看看天色尚早，离竹林大约有一千米路，遂决定到竹林里去走一遭——我想，有音乐的地方一定是安全的。

等我站在竹林前面时，整个人被天风海雨似的音乐震慑了，它像一片乐海，波涛汹涌，声威远大，那不是人间的音乐，竹林中也没有人家。

竹子的本身就是乐器，风是指挥家，竹子和竹叶便是演奏者。我研究了很久才发现，原来竹子洒过了小雨，上面有着水渍，互相摩擦便发生尖利如笛子的声音。而上面满天摇动的竹叶间隙，即使有雨，也阻不住风，发出许多细细的声音，配合着竹子的笛声。

每个人都会感动于自然的声音，譬如夏夜里的蛙虫鸣唱，春晨雀鸟的跃飞歌唱，甚至刮风天里滔天海浪的交响。凡是自然的声音没有不令我们赞叹的，每年到冬春之交，我在寂静的夜里听到远处的春雷乍响，心里总有一种喜悦的颤动。

我有一个朋友，偏爱蝉的歌唱。孟夏的时候，他常常在山中独坐一日，为的是要听蝉声，有一次他送我一卷录音带，是在花莲山中录的蝉声。送我的时候已经冬天了，我在寒夜里放着录音带，一时万蝉齐鸣，使冷漠的屋宇像是有无数的蝉在盘飞对唱，那种经验的美，有时不逊于在山中听蝉。

后来我也喜欢录下自然的声籁，像溪水流动的声音、山风吹拂的声音。有一回我放着一卷写明《溪水》的录音带，在溪水玲琮之间，突然有两声山鸟长鸣的锐音，盈耳绕梁，久久不灭，就像人在平静的时刻想到往日的欢愉，突然失声发出欢欣的感叹。

但是我听过许多自然之声，总没有这一次在竹林里感受到那么深刻的声音。原来在自然里所有的声音都是独奏，再美的声音也仅弹动我们的心弦，可是竹林的交响整个包围了我，像是百人的交响乐团刚开始演奏的第一个紧密响动的音符，那时候我才真正知道，为什么中国许多乐器都是竹子制成的，因为没有一种自然的植物能发出像竹子那样清脆、悠远、绵长的声音。

可惜的是我并没有能录下竹子的声音，后来我去了几次，不是无雨，就是无风，或者有风有雨却不像原来配合得那么好。我了解到，原来要听上好的自然声音仍是要有福分的，它的变化无穷，是每一刻全不相同。如果没有风，竹子只是竹子，有了风，竹子才变成音乐；而有风有雨，正好能让竹子摩擦生籁，竹子才成为交响乐。

失去对自然声音感悟的人是最可悲的，当有人说"风景美得像一幅画"时，境界便低了，因为画是静的，自然的风景是活的、动的；而除了目视，自然还提供各种声音，这种双重的组合才使自然超拔出人所能创造的境界。世上有无数艺术家，全是从自然中吸取灵感，但再好的艺术家，总无法完全捕捉自然的魂魄，因为自然是有声音有画面，还是活的，时刻都在变化的，这些全是艺术达不到的境界。

最重要的是，再好的艺术一定有个结局。自然是没有结局的，明白了这一点，艺术家就难免兴起"念天地之悠悠，独怆然而涕下"的寂寞之感。人能绘下长江万里图令人动容，但永远不如长江的真情实景令人感动；人能录下蝉的鸣唱，但永远不能代替看美丽的蝉在树梢唱出动人的歌声。

那一天，我在竹林里听到竹子随风吹笛，竟忘记了时间的流逝，等我走出竹林，夕阳已徘徊在山谷。雨已经停了，我却好像经过一场心灵的沐浴，把尘俗都洗去了。

我感觉到，只要有自然，人就没有自暴自弃的理由。

闲情

休闲是什么都不做，才能算是休闲，
即使脑子里面想，也是负担

————————

我们看电视、报纸、杂志，常看到有记者问名人："请问你休闲的时候做些什么？"

答案有时候是："我游泳，打网球。"

有时候是："我在家里陪陪父母、妻子。"

都是一副胸有成竹的样子，当然也有一些是支支吾吾的："我……看看书！看看电视！……到郊外走走！……有时候去旅行到处看看！"

我看到这样的访问，总觉得那不是"休闲"而是"忙得不得了"，因为对我来说，休闲是什么都不做，才能算是休闲，即使脑子里面想，也是负担。

　　我平时喜欢散步，那时差不多只是散步，什么都不想，所以走一趟下来，流几滴汗，心像空了一般。我有一位写小说的朋友也爱散步，他散步是为构思小说，所以一趟下来可能三四个小时，一路上什么也没看见，有一次还撞到了电线杆，回家后满头大汗，愁眉苦脸，因为小说里的结并未因散步解开，人反而焦虑了。

　　这样的散步不是"休闲"，是"休命"，比工作时还累。

　　有人游泳游到腹痛三日不能弯腰，这不是休闲；有人逛街逛到两腿红肿，这也不是休闲；有人看电视看到泪流满面，这更不是休闲；有人参加旅行团，十四天旅行十个国家，这尤其不是休闲，是拼命！

　　因为休息不一定闲，而闲的时候也不一定能休息。

　　有一次一个记者来访问，临走时回马一枪问我："休闲时做些什么？"

　　"什么也不做。"我说，顿时两人僵在那里。我只好补充说明："我不用心去做什么。"

　　其实，休闲主要是放松心情，不在时间和形式，只要保有几分闲情，再忙的时候也能减少焦虑，没事做时不至于无所适从。"不用心"就是"不着心"，不为一个念头操心，不被一个焦躁留住，念来念转，身心自在，这才是闲情。有闲情的人休闲才有用，没有闲情则休闲何益？对于那些一天不工作就坐立不安的人，休闲正是一种折磨！而彻夜打麻将的人下桌之时，总比上班累！

　　闲情的境界，中国的禅宗讲得最透彻，像"百花丛里过，片叶不沾身""风来疏竹，风过而竹不留声""竹密无妨水过，山高不碍云飞""不雨花犹落，无风絮自飞""掬水月在手，弄花香满衣"……这些境界都是闲情。

我们总以为老人才有闲情，其实不然，有闲情的人不易老；我们总以为休假时才有闲情，也不然，没有闲情的人，他心灵永不休假；我们总以为富人才有闲情，更不然，多一张钞票的人就少一分闲情。

名利是闲情的世仇，潇洒是闲情的好友，无碍才是闲情永远的伴侣！

我们虽然不免在物质上必须活在现实世界

我们也会在现实世界中一天天地老化

但是在精神上我们能超拔出来

以更高的观点看人生

而在心灵的深处不随年纪老去

保持着对世界新鲜而有希望的心情

第二辑

不受人惑

在流行的大河里，
人只是河面上的一粒浮沤

戏

有时，我们也虚假地对待了自己

————————

　　带孩子看京戏，才看了一个起头，孩子就以无限诡异的神情问我："爸爸，这些人为什么要化妆成为布袋戏的人，演布袋戏呢？"

　　我一时语塞，不知如何回答。

　　想了半天只好说："不是的，是布袋戏做成人的样子在演人的故事！"

　　孩子立即追问："人自己演的故事不是很好吗，为什么要用布袋戏演呢？"我说："人演和布袋戏演的趣味不一样！"孩子说："什么是趣味？"我没有再回答，怕事情变得太复杂，影响到别人看戏的兴致。但是后来我想，在孩子清纯直接的心灵里面，所有化了浓重油彩，穿了闪亮华服，讲话唱歌声不似常人的都是戏，电视剧、京戏、歌仔戏、布袋戏之间并没有什么不同，连电影也是一样。

　　有一次看电影，他就这样问："为什么十几个坏人拿机关枪打不中那个好人，而好人每次开枪都打死一个坏人呢？"反正都是戏，其实也不必太计较。但是有时我们看戏，特别能感受到"戏比人生更真实"，那是由于我们在真实的人生里面，遇到的常是虚假的对待。甚至有时，我们也虚假地对待了自己。我们哭着来到这个世界，扮演了种种不同的角色，演出种种虚假的剧本，最后又哭着离开这世界。

　　草堂和尚曾作诗曰："乐儿本是一形躯，乍作官人乍作奴。名相服装虽改变，始终奴主了无殊。"我们现在扮着将相王侯，并不能保证永远将相王侯，但不管扮什么，都不能忘失了我们原来的自性呀！

　　对于"人生如戏，戏如人生"的体会是很容易的，可是在戏与人生中找实际的出路是困难的，明朝有一位罗汉，他写了一首简单明白的醒世诗：

　　　　急急忙忙苦苦求，寒寒暖暖度春秋。
　　　　朝朝暮暮营家计，昧昧昏昏白了头。
　　　　是是非非何日了，烦烦恼恼几时休？
　　　　明明白白一条路，万万千千不肯修。

　　这明白的一条道路，无非就是回到真实的自我，找到在整个戏台的幕后，自己是如何的一个人。唯有这种自我的觉悟，才是走向智慧的第一步。

有时我们看戏，
特别能感受到"戏比人生更真实"，
那是由于我们在真实的人生里面，
遇到的常是虚假的对待。
甚至有时，
我们也虚假地对待了自己。

转动

在心灵的深处不随年纪老去，
保持着对世界新鲜而有希望的心情

————————————

有一句俗语说："滚动的石头不生苔。"意思是当一个人时常变化自己，那么他就可以时常保持光润的面貌。

但是，滚动的石头不生苔，是不是意味着静止的石头或生苔的石头是不好的呢？

其实，光润之石固然好，生苔的石头也没有什么坏。再进一步说，滚动的石头是自愿地滚动呢，还是被别人所滚动呢？如果是自愿滚动追求光润，光润就是好的；如果是想要生苔却被别人滚成光润，光润就是一件坏事了。

这真是一个大问题，每个人在童年或青年时代，都认为要自己转动，甚至来转动这个世界。但是到了中年以后就会发现，原来没有什么事情是可以由自己转动的，我们只是被外在的世界所转动的一粒石头罢了。于是大部分的中年人都失去了生苔的生命力，而有一种表面上看起来光润，事实上是世故的圆滑。

转动世界，或者只是小小地转动自己，都是何其不易！

当然，被世界转动我们，就容易得多了。

大部分人都会在这种转动里，落进一个无可奈何的境况：就是发现自己并没有转动世界的力量，却又不甘心落入完全被转动的地步。所以，就一直保持着继续奋斗的精神，流血流汗，耗费了大部分的青春。偏偏最后的结局还是：世界在转动着，我们只是这转动中的一块石头，甚至一粒微尘！

可悲的不在于时空的辽远与世界的宽阔，而在于我们的渺小与幽微。

不错，世界是不可转动，或者说转动世界是艰难的。那么现代人如何在认清这种实相之后，还能活得自在、积极、愉悦、明朗，同时不失去为理想奋斗的勇气呢！答案就是与转动的世界处在一种和谐的状态，并能冷静观照到自己的流转，使自己的心性独立于世界，有着独特的精神。

听起来似乎有些晦涩，其实不难明白，就是我们虽然不免在物质上必须活在现实世界，我们也会在现实世界中一天天地老化。但是在精神上我们能超拔出来，以更高的观点看人生，而在心灵的深处不随年纪老去，保持着对世界新鲜而有希望的心情。

这就是"至道无难，唯嫌拣择；但莫憎爱，洞然明白"的精神——接受现实世界苦乐的转动吧！不要去分别、去爱憎，只要心里明明白白，就能容易地走向无上智慧的道路。

我们很容易能观察到，这世界上的儿童与青年，每一个都有不同的面目，他们通常能断然拒绝物欲的魅惑，追求理想的标杆。可是，这世界的中年人，往往丧失理想的标杆，趋入物欲的泥沼，这就是随外在世界完全转动的结果。

以至于，这个世界的中年人，不论男女，都有着相似的面貌与表情，那是由于世界不但转动他的现实，也转动了他的青春与心性，甚至转动了他为理想奋斗的热情。

理解世界的转动是不可抗拒的，也理解着与这转动和谐，同时知道有一个如如不动的本体，知觉有不可动转之处，这是转动的世界里能自在明朗的一种锻炼。

譬如，下雨天的时候，出门别忘了带伞，但保持有春日晴好的心情。

譬如，处在黑暗的境况犹如进入戏院，能在黑暗中等待，以便灿烂的电影开演。

譬如，成功的时候不要迷恋掌声，因为知道最好的跑者都是不顾掌声，才跑在掌声之前。

譬如，在拥挤吵闹的公交车上与人推挤，也能安下心来期待目的地，因为有一个目的地，其他的吵闹、挤迫，乃至于偶尔被冲撞，又有什么要紧呢？

转动者与被转动者，是我们所眼见的世界，或是我们不可见的自我呢？

认识许多大师的人

做一个真实的自我，
总比做布偶戏的傀儡要好得多

————————

最近，朋友介绍一个新朋友，他玩笑地介绍那位新认识的朋友说："他是一个认识许多大师的人！"我一时之间听不出这是赞词还是贬词，但那位认识许多大师的人已经笑得很开心了，他肯定地说："是真的，我认识许多大师。"于是，他如数家珍似的，把他认识的许多大师说了出来，光是做简介，如何认识，说过哪几句话，这样一个个大师下来，已花了一个多小时，听得我们"耳"花缭乱。

好不容易才觅得他喝一口茶的空隙，我说："我们该上菜了吧！"

接着，他口中的"大师言行录"往往塞满了每一道菜，我们这些没有认识什么大师的人，只好听他胡乱地盖，加上他是那样多嘴，使我们只好埋头吃菜，但耳听大师言行来吃饭，真是有碍消化的。

可怜一餐饭吃得我们痛苦不堪，几乎是夹着尾巴逃出来，朋友一出门就脸带微笑地说："你现在知道认识许多大师的人的厉害了吧！我保证下次在别的地方，他一定会说我的朋友林清玄怎么样怎么样。"

我说："你别吓我，一来我又不是大师，二来刚刚吃饭的时候，我一句话也没说。"

朋友赶着去上班，我一个人沿街散步，想到像这种"认识许多大师的人"，在社会上也常见，只是情节各有轻重，它在本质上很像"认识许多富翁的人""认识许多大官的人""名片上挂了许多头衔的人"，似乎如果不这样抬身价，自己就一文不值了。

借大师来抬身价，那还是好的，更可悲的是言必称大师，其实与大师只有一面之缘，却说得像隔壁亲家一样；最可悲的是，听这种人说话，往往没有终点，他自己讲大师讲久了，已经失去独立思考的能力，旁听的人，不知道他是在表达观念呢，还是只是背了许多大师的言行？

一个人应该培养自己的见地、感受、体验，在人生的观点或实践中，展现自己的风采，如果一味以大师的思想为思想，以大师之语言为自己的见地，那就会失去自己的面目。

这意思并不是不需要大师，大师可以做我们的火柴，而点燃的蜡烛则要自己储备。我们或者不会成为大师，但每个人都有各自的气质与本质，做一个真实的自我，总比做布偶戏的傀儡要好得多。

在每一出戏里，总有主角、配角，也有龙套，每个人扮演好自己的角色是最重要的，戏剧如此，人生亦然，最怕的是自己成为一出戏的道具还不自知！对于平凡渺小的我们有如林木森森，但一座森林里不能没有小花小草来点缀风姿，安于做小花小草，有时需要更深刻的勇气与识见。

他自己讲大师讲久了，
已经失去独立思考的能力，
旁听的人，
不知道他是在表达观念呢，
还是只是背了许多大师的言行。

冢中琵琶

抗怀物外，不为人役

————————

最近读到魏晋时代艺术家阮咸的传记，阮咸是魏晋南北朝七位最重要的诗人作家之一，在当时号称"竹林七贤"，但是他不像其他六贤有名，因为他的文学创作一点也没有保留下来，我们几乎无法从文字去追探他在诗歌创作上的成就。

幸而，阮咸死的时候，以一件琵琶乐器殉葬，使他成为中国音乐史上少数可以追思的伟大音乐家之一。伴随阮咸长眠于地下的琵琶，经过从西晋到唐朝的五百年埋藏，到了唐玄宗开元年间，有人在古墓里挖掘到一件铜制的正圆形乐器，经过弘文馆学士元行冲的考证，才证明它是阮咸的遗物。

这一件冢中琵琶因为五百年的沉埋，已经不堪使用，元行冲叫技巧高明的乐匠依其样式仿制了一具木制乐器，称为"月琴"，音调雄亮清雅，留传至今，不但成为宫廷中的乐器，也成为后来民间最常使用的乐器之一。

到了唐德宗时代，著名学者杜佑鉴于"月琴"原是阮咸所创制，为了怀念他的遗风逸响，将月琴定名为"阮咸"，自此以后，凡是中国琵琶乐器，全得了"阮咸"的别名，阮咸于是得以与中国音乐史同垂不朽。

阮咸与琵琶的故事是宜于联想的，经过时空一再的洗练，我们虽无缘重聆阮咸的丝竹之音，但我们可以感受到一颗伟大的艺术心灵不朽。艺术心灵的伟大纵使在地下数百年，纵使他手中的乐器弦败质朽，却仍然能在时空中放光，精灿夺目。阮咸死时以琵琶殉葬，作为唯一的知己，这种艺术之情使他恒常令人怀念。

千古以来，被认为是中国音乐最高境界的名曲《广陵散》便是阮咸的创作。《广陵散》随着阮咸的逝世，成为中国音乐上的绝响，我们如今眼望广大的土地，倾听历史的足音，在夏夜星空的月下，仿佛看见阮咸在竹林下弹月琴自娱，或者与嵇康的古琴（嵇康是古琴的高手，古琴状似古筝）相应和，在琴声响过，筝声戛然而止的时候，他们纵酒狂歌，大谈圣人的明教与老庄的自然，然后长叹一声"礼岂为我辈设耶！"

那是一种什么样的境界呢？

那是"抗怀物外，不为人役"的境界，是"我醉欲眠卿且去，明朝有意抱琴来"的境界，也是"功名皆一戏，未觉负平生"的境界。

阮咸的音乐天分几乎是与生俱来的，他很年轻的时候就被称为音乐的"神解"，任何音乐到他的耳中马上就能分辨出高低清浊，丝毫不爽；因此他不但弹奏月琴时能使人如饮醇酒，沉醉不已，他还是个音乐的批评家，对音乐的鉴赏力当世无有其匹。没想到他的音乐批评，竟得罪主掌全国音乐行政的大官荀勖，向晋武帝进谗言，革去了阮咸的官职。

阮咸丢官的时候，官位是"散骑侍郎"，这个职衔我们不用考证来解释，而用美感来联想，就仿佛看见一位卓然不群的流浪琴师，骑着驴子到处弹琴高歌的样子。

事实上，阮咸对当世的礼法非常轻蔑，他曾在母丧期间，身穿孝服，骑着驴子去追求自己私恋已久的胡婢，引得众人大哗，在当时是不可思议的事，如今想起来却特别具有一种凄美的气氛。可惜，他在追胡婢时是不是弹着琴，唱着情歌，就不可考了。而这种狂放不拘的生活，正是魏晋时代寄情林泉的艺术家最真实的写照。

我一直认为像阮咸这样放浪形骸、不顾礼法、鼓琴狂歌、清淡无为的人，他是可以做到忘情的境界，但是他不能忘情音乐，以琵琶殉葬是不可解的谜。难道这位"神解"能料到千年之后，人们能从冢中的琵琶怀想起千年之前，曾在他手中传扬的《广陵散》吗？阮咸给我们的启示还不只此，他和当时的艺术家给我们一个视野广大的胸怀，也就是"以大地为栋宇，屋室为裈衣"的胸怀。因为这种胸怀，他们能体会到生活的乐趣，发出艺术的光辉。

我最喜欢"竹林七贤"的一则故事是：有一天嵇康、阮籍、阮咸、山涛、刘伶在竹林里喝酒，王戎最后才到。阮籍说："这个俗气的东西，又来败坏我们的乐趣！"王戎回答说："你们的乐趣，岂是可以败坏的吗？"这则故事正道出了"竹林七贤"艺术生命的真正所在，你看阮咸留在坟墓中的琵琶，它虽朽了，却永远不会败坏；因为那一把琵琶，曾经属于一个伟大的艺术心灵，注定了它在人心里永不败坏的玄想——如此说来，琵琶恐怕也是有心的吧！

种草

尽管我们适应了盆里的生活，
其实并未改变来自乡野的姿色
——————

　　"我们带一点草回去种好吗？"带孩子去爬山的时候，他好几次提出了这样的要求。

　　最近住在乡下，每天黄昏的时候，如果天气好，我总会和孩子到后山去走走，偶尔也到山下去看农人的稻田，走过泥土坚实的田埂，看着秋天的新禾在微风中生长。对于在城市中长大的孩子，看到乡下的一切都感到非常新鲜，尤其看到没有看到过的东西。有一次我们在田埂上走，他说："爸爸，我们带一些稻子回去种好吗？"

　　"为什么呢？"

　　"因为稻子长大，我们就不必买米了，要煮饭的时候，自己摘来煮就好了。"孩子充满期盼地说，就仿佛自己种的稻子已经长成。

"要种在哪里呢？"我说。

"我们家不是有很多空花盆吗？把稻子种在里面就行了呀！"

我只好告诉他，种稻子是很艰难的工作，可不比种一般的盆景，要有一定的水土，还要有非常耐心的照顾，我们是无法在花盆里种稻子的。

"那么，我们种牵牛花吧！牵牛花也很美。"孩子说。

有一次，我们就摘了很多牵牛花的藤蔓，回去种在花盆，可惜不久后就都枯萎了。孩子很纳闷，说："为什么在野外，它们长得那么好，我们每天浇水，反而长不出来呢？"

后来我们挖了一些酢浆草回家，酢浆草很快就长得很茂盛，可惜过了花期，开不出紫色的小花，我对孩子说：等到明年，这些酢浆草就会开出很美丽的花。

在孩子的眼里，什么都是美丽的，连山上的野草也不例外。我们第一次上山的时候，他简直惊叹极了，即使是夏秋之交，山上的野草也十分繁盛，就好像是春天一样。

尤其是在夕阳之下、微风之中，每一株小草都仿佛是在金黄色的舞台上跳舞，它们是那么苗条而坚韧，在以一种睥睨的态势看着脚下的世界。从远景看，野草连成一片，像丝绒一般柔软而温暖。

孩子看着这些草，禁不住出神地说："爸爸，我们带一点草回去种好吗？"听到这句话时，我略微一震，"种草？"对一个出生在农家的我，这是多么新奇而带点荒唐的想法，我们在田野里唯恐除草不尽，就是在花盆里也常常把草拔除，这孩子居然想到种一盆草！

孩子看我无动于衷，用力拉我的手，说："爸爸，你不觉得草也和花一样美吗？如果能种一盆草放在阳台，它就好像在山上一样。"

孩子的话立刻使我想到自己的粗鄙，花草本身没有美丑，只因为我心里有了区别，才觉草不如花。若我能把观点回到赤子，草不也是大地的孩子，和一切的花同样美丽吗？于是我说："好吧！我们来种一盆草。"

种草就不必像种花那么费事，我们在山上采草茎上成熟的种子，草种通常十分细小，像是海边的沙子，可是因为数量很多，一下子就采了一口袋。回到家里，我们把一些曾种过花而死去的空花盆找来，一把把的草种撒在上面，浇一点水，工程很快就完成了。孩子高兴得要命，他的快乐比起从花市里买花回来种还要大得多。

一星期后，每一个花盆都长出细细绒绒的草尖，没有经过风沙的小草，有一种纯净的淡绿，有如透明的绿水晶，而且株株头角峥嵘，一点也不忸怩作态，理直气壮地来面对这个与它的祖先完全不同的人世。

孩子天天都去看他亲手种植的绿草，那草很快地长满整个花盆，比阳台上的任何一盆花还要茂盛，我们有时把草端到屋内的桌上，看起来真的一点也不比名花逊色。

看着一盆盆的野草，我有时会想起我们这些从乡野移居到城市讨生活的人，尽管我们适应了盆里的生活，其实并未改变来自乡野的姿色；而所有的都市人，他们或他们的祖先，不都是来自乡野吗？只是有的人成了名花，忘记自己的所在罢了。这样想时，常使我有一种深深的慨叹。

　　所有的名花都曾是乡野的小草，即使是最珍贵的兰花，也是从高山谷地移植而来；而那名不闻世的野草，如果我们用清明的心来看，不也和名花无殊吗？

　　自然的本身是平等无二的，在乡野的山谷我们看见了自然的宏伟；在小小的花盆里，不也充满了生命的神奇吗？

唯我独尊

心内若有佛，
佛不管以什么面目存在着，又有什么要紧呢

————————

"每当我们拜访佛寺时，总是见到许多佛像以打坐的姿势端坐着，而即使是以立姿站着，也不会向天仰望，好像期待什么似的。大凡是佛，总是反观自己，不向外求。佛徒的信心不向外觅，只向内看。"这是日本禅学大师铃木大拙在《禅的信心》中说的话，说明了佛教的信仰最要紧的是"反观自我"，不像别的宗教是"仰观天上"。

他又说："什么是自己呢？想在书本里或在别人的言教里找寻这个真理，犹如计数别人的钞票，不论你数多少，都是别人的，而不属于你。犹如银行家计数不在银行里面的钞票！现在且回头来看看你自己家里吧，看你多么富足啊！你无得无失，你所需要的一切都在你的里面，只是你通常并不知道你是多么富有而已。这个内在的自我，或者灵魂，或者心灵中，储满了你所需要的一切，没有一样东西需要向外寻求。"

所以，佛教的修行中，相信自我、肯定自我、回归自我、反省自我都是非常重要的，我们要回到自我才可能开启大悲大智的佛性。但是，回到自我并不是否定佛、菩萨的力量，我们把"自我"与"佛、菩萨"做一分别，乃是站在一个相对的层次上。如果能超越相对的层次，就没有"自力"与"他力"的分别；因为超越了相对的层次，佛、菩萨与众生还有什么分别呢？佛、菩萨是我们自心之流露，我们又何尝不是佛、菩萨的法身呢？我们心里可以涵藏无数的佛与菩萨，正如佛、菩萨的心中有无量无数的众生一样呀！

不仅从铃木大拙眼中的佛相，我们看看寺院里的佛相也可以得到许多启发。我们看到每一个国家的佛像都不同，印度佛像是印度人的样子，日本佛像是日本人的样子，中国佛像是中国人的样子，这是因人种不同，人心里的佛也不一样。在时代的流变中，我们看到唐朝的佛像多胖大稳重，宋朝的佛像则纤细温柔，每一代都有很大的不同。

我家里供奉了两尊观音菩萨，一尊是仿宋的"千手千眼观音菩萨"，一尊是藏人铜铸的"十八臂准提佛母"，他们的长相就很不同了。

这使我们理解到，所有佛、菩萨相貌的呈现都是以自己为本位，并相信自己本来与佛无异，可见心外有佛不是大问题，心内无佛才是大问题。心内若有佛，佛不管以什么面目存在着，又有什么要紧呢？

　　我想起佛陀在幼年时代曾说过："天上天下，唯我独尊。"当时被预言成他将是统一全印度的圣君，可是后来他舍弃王位，证得佛道，因此，这唯我独尊的"我"应该重新思考，这个"我"是佛陀在代众生发言，天上天下哪里有什么比得上真实的自我呢？这个"我"是禅宗"自性""无位真人"的我，也是密宗"即身成佛"的我，也是净土"自性弥陀"的我！

　　密宗的修行方法里有"本尊法"，意即任何人观想菩萨的本尊，最后就会"本尊现前"。知悉自己是本尊的化身，则了透到本尊与自我无异，修观音法的人最后是回到观音，修文殊法则回到文殊，修地藏法则回到地藏。这使我们知道自身中就有本尊，是自力与佛力的感应道交，这种修行方法是多么动人呀！

　　当我们说"天上天下，唯我独尊"这几个字，想起本师释迦牟尼佛的慈悲与智慧，自然而然就生起自信的庄严与雄大的气概了。

这个内在的自我，
或者灵魂，
或者心灵中，
储满了你所需要的一切，
没有一样东西需要向外寻求。

不受人惑

我们永远做不了流行的主角，
那么，何不回来做自己的主角呢

——————

有一位贫苦的人去向天神求救，天神指着眼前的一片麦田，对那个人说："你现在从麦田那边走过来，捡一粒你在田里找到的最大的麦子，但是，不准回头；如果你捡到了，这整个的麦田就是你的了。"

那人听了心想："这还不简单！"

于是从田间小路走过，最后他失败了，因为他一路上总是抛弃那粒较大的麦子。

这是一个古老的故事，象征了人的欲望永远不能满足，以及缺乏明确的判断力。

如果用这个故事来看流行的观念，我们会发现在历史的道路上，每一时代都有当年的流行。当人在更换流行的时候，总以为是找到了更大的麦子，其实不然，走到最后就失去土地了。

流行正是如此，是一种"顺流而行"，是无法回头的。当人们走过一个渡口，要再绕回来可能就是三五十年的时间。像现在流行复古风，许多设计都是五十年代的，离现在已经四十年了，四十年再回首，青春已经不再。

我并不反对流行，但是我认为人的心里应该自有一片土地，并且不能渴求找到最大的麦子（即使找到最大的麦子又如何呢？最大的和最小的比较起来，只不过是差一截毫毛），这样才能欣赏流行，不自外于流行，还有很好的自主性。

流行看起来有极强大的势力，却往往是由少数人所主导的，透过强大的传播，消费主义的诱惑，使人不自觉地跟随。

我常常对流行下定义："流行，就是加个零。"如果我们在百货公司或名店看到一双皮鞋或一件衣服，拿起标价的时候以为多看了一个零，那无疑是正在流行的东西。

那个多出来的零则是为流行付出的代价。过了"当季""当年"，新流行来的时候，商品打五折或三折，那个零就消失了。

因此，我特别崇仰那些以自己为流行的人，像摄影家郎静山，九十年来都穿长袍，没穿过别样的衣服；画家梁丹丰，五十年来都穿旗袍；发行人王效兰，三十年来都穿旗袍。他们不追逐流行，反而成为一种"正字标记"，不论形象和效果都是非常好的。

所以有信心的人，有本质的人，流行是奈何不了他的；有的少女一年换了几十次发型，如果头脑里没有东西，换再多的发型也不会美的。

流行贵在自主，有所选择，有所决断。我们也可以说："有文化就有流行，没有文化就没有流行。"对个人来说是如此，对社会来说同样也是如此。

我们中国有一个故事：

有一天，吕洞宾下凡，在路边遇见一个小孩子在哭泣。他问小孩子："为什么哭呢？"小孩子就说："因为家贫，无力奉养母亲。""我变个金块，让你拿回去换钱奉养母亲。"吕洞宾被孩子的孝思感动，随手指着路边的大石头，石头立刻就变成了金块。当他把金块拿给孩子时，竟被拒绝了。"为什么连金块你都不要呢？"吕洞宾很诧异。孩子拉着吕洞宾的手指头说："我要这一只可以点石成金的手指头。"

这个故事本来是象征人的贪心不足，如果我们站在流行的立场来看，小孩子的观念是正确的，我们宁可要点石成金的手指而不要金块，因为黄金有时而穷（如流行变幻莫测），金手指可以源源不绝。

那么什么是流行的金手指呢？就是对文化的素养、对美学的主见、对自我的信心，以及知道生活品位与生命品质并不建立在对流行的依附上。

讲流行讲得最好的，没有胜过达摩祖师的。有人问他到震旦（中国）来做什么。

他说："来寻找一个不受人惑的人。"

一个人如果有点石成金的手指，知道麦田里的麦子都差不多大，那么，再炫奇的流行也迷惑不了他了。

是的，我们永远做不了流行的主角，那么，何不回来做自己的主角呢？

当一个人捉住流行的尾巴，自以为是流行的主角时，已经成为跑龙套的角色，因为在流行的大河里，人只是河面上的一粒浮沤。

只手之声

它们也从来不为自己辩解或说明，
因为它们的生命本身就是最好的说明

————————

如果要我选择一种最喜欢的花的名字，我会投票给一种极平凡的花："含笑"。

说含笑花平凡是一点也不错，在乡下，每一家院子里它都是不可少的花，与玉兰、桂花、七里香、九重葛、牵牛花一样，几乎是随处可见。它的花形也不稀奇，拇指大小的椭圆形花隐藏在枝叶间，粗心的人可能视而不见。

比较杰出的是它的香气，含笑之香非常浓盛，并且清明悠远，邻居家如果有一棵含笑开花，香气能飘越几里之远，它不像桂花香那样含蓄，也不如夜来香那样跋扈，有一点接近玉兰花之香，潇洒中还保有风度，维持着一丝自许的傲慢。含笑虽然十分平民化，香味却是带着贵气。

含笑最动人的还不是香气，而是名字，一般的花名只是一个代号，比较好的则有一点形容，像七里香、夜来香、百合、夜昙都算是好的。但很少有花的名字像含笑，是有动作的。所谓含笑，是似笑非笑，是想笑未笑，是含羞带笑，是嘴角才牵动的无声的笑。

记得小时候有一次见到含笑开花了，我从院子里跑进屋里，见到人就说："含笑开了，含笑开了！"说着说着，感觉那名字真好，让自己的嘴角也禁不住带着笑，又仿佛含笑花真是因为笑而开出米白色没有一丝杂质的花来。

第一位把这种毫不起眼的小白花起名为"含笑"的，是值得佩服的人，可想而知，他一定是在花里看见了笑意，或者自己心里饱含喜悦，否则不可能取名为含笑。

含笑花不仅有象征意义，也能贴切说出花的特质。含笑花和别的花不同，它是含苞时最香，花瓣一张开，香气就散走了。而且含笑的花期很长，一旦开花，从春天到秋天都不时在开，让人感觉到它一整年都非常喜悦。可惜含笑的颜色没有别的花多彩，只能算含蓄地在笑着罢了。

知道了含笑种种，使我们知道含笑花固然平常，却有它不凡的气质和特性。

但我也知道，"含笑"虽是至美的名字，这种小白花如果不以含笑为名，它的气质也不会改变，它哪里在乎我们怎么叫它呢？它只是自在自然地生长，并开花，让它的香远飏而已。

在这个世界上，许多事物都与含笑花一样，有各自的面目，外在的感受并不会影响它们，它们也从来不为自己辩解或说明，因为它们的生命本身就是最好的说明，不需要任何语言。反过来，当我们面对没有语言、沉默的世界时，我们能感受到什么呢？

在日本极有影响力的白隐禅师，他曾设计过一则公案，就是"只手之声"，让学禅的人参一只手有什么声音。后来"只手之声"成为日本禅法重要的公案，他们最爱参的问题是："两掌相拍有声，如何是只手之声？"或者参："只手无声，且听这无声的妙音。"

我们翻看日本禅者参"只手之声"的公案，有一些真能得到启发，例如：

老师问："你已闻只手之声，将作何事？"

学生答："除杂草，擦地板，师若倦了，为师按摩。"

老师问："只手的精神如何存在？"

学生答："上拄三十三天之顶，下抵金轮那落之底，充满一切。"

老师问："只手之声已闻，如何是只手之用？"

学生答："火炉里烧火，铁锅里烧水，砚台里磨墨，香炉里插香。"

老师问："如何是十五之前的只手，十五以后的只手，正当十五的只手？"

学生伸出右手说："此是十五以前的只手。"

伸出左手说："此是十五以后的只手。"

两手合起来说："此是正当十五的只手。"

老师问："你既闻只手之声，且让我亦闻。"

学生一言不发，伸手打老师一巴掌。

一只手能听到什么声音呢？在一般人可能是大的迷惑，但禅师不仅能听见只手之声，在最广大的眼界里从一只手竟能看见华严境界的四法界（理法界、事法界、理事无碍法界、事事无碍法界）。有禅师伸出一只手说："见手是手，是事法界。见手不是手，是理法界。见手不是手，而见手又是手，是理事无碍法界。一只手忽而成了天地，成了山川草木森罗万象，而森罗万象不出这只手，是事事无碍法界。"

可见一只手真是有声音的！日本禅师的概念是传自中国，中国禅师早就说过这种观念。例如云岩禅师问道吾禅师说："大悲菩萨用许多手眼作什么？"道吾说："如人夜半背手摸枕子。"云岩说："我会也！"道吾："汝作么生会？"云岩说："遍身是手眼！"道吾："道太煞道，只道得八成。"云岩说："一师兄作么生？"道吾说："通身是手眼！"

通身是手眼，这才是禅的真意，哪须仅止于只手之声？

从前，长沙景岑禅师对弟子开示说："尽十方世界是沙门一只眼，尽十方世界是沙门全身，尽十方世界是自己光明，尽十方世界在自己光明里，尽十方世界无一人不是自己。"这岂止是一只手的声音！十方世界根本就与自我没有分别。

一只手的存在是自然，一朵含笑花的开放也是自然，我们所眼见或不可见的世界，不都是自然地存在着吗？

即使世界完全静默，有缘人也能听见静默的声音，这就是"只手之声"还有只手的色、香、味、触、法。在沉默的独处里，我们听见什么？在噪闹的转动里，我们没听见的又是什么呢？

有的人在满山蝉声的树林中坐着，也听不到蝉声；有的人在哄闹的市集里走着，却听见了蝉声。对于后者，他能在含笑花中看见饱满的喜悦，听见自己的只手之声；对于前者，即使全世界向他鼓掌，也是枉然，何况只是一朵花的含笑。

全露法王身

山河大地都是法身，

那么，我呢？我在哪里？

_____

石室和尚有一天随师父石头希迁禅师去游山，走到一半有树枝横路。

石头说："前面有树挡着，快把它砍掉！"

石室说："请师父拿刀子来。"

石头抽出身边的刀子，把刀刃交给石室。

石室说："师父，不是这边，把那边的刀柄给我！"

"刀柄对砍树有什么用？"石头说。

石室和尚当下大悟。

这是一个有趣的公案，是呀，对于砍树，刀柄有什么用？可是回想一下，如果一把刀没有柄，根本不能砍树；若硬要握刀刃砍树，树未砍倒，人恐怕早就受伤了。

石头对弟子石室的应机教化，是在说明佛性与生命之间的关系，我们的身心之所以有用，能披荆斩棘，向前迈进，那是因为有一个看起来无用的佛性。一般人对佛性无知，就像我们用刀时很少想到刀柄一样。

不只佛性与身心的关系如此，在这个世界有许多看似无用的东西，往往代表了人生的真价值。可叹的是，这些价值常是被忽视的。以现代人喜欢追逐的金钱来说，金钱是有用的，可是如果没有一个好的价值观在背后支撑，则金钱正如一把没有刀柄的刀，只会带来伤害。

"无用之用，是为大用。"就是这个道理，一个人假如只注视私我眼前的用处，就会失去大用。

关于刀子，禅宗还有一个公案：

一位云游的僧人想要去参访南泉普愿禅师，正巧南泉在山路边种作，那人就向南泉问路：

"请问去找南泉禅师的路，要怎么走？"

南泉把手里的刀拿起来给那僧人看，说："我这把镰刀是花三十块钱买的。"

僧人说："我不是要问你镰刀的事，而是问通往南泉禅师的路是哪一条。"

南泉说："这把镰刀，割起草来，又快又利！"

——我们人生的道路也是如此，有时候我们要找的就在眼前，由于眼睛不利，眼前的反而看不见了。

像我们呼吸的空气、眼见的青山、开着花的小路、明亮的阳光、路过的飞鸟、水中的游鱼，哪一样是有用的呢？可是人生若失去这些，纵然有满屋的财富，又有何用？

禅师所说的"山河及大地，全露法王身"，虽然是那么深奥，可是对一般人，只要能知道用与无用之间的问题，则万象森罗都是法身也非不可理解。这就是六祖慧能说的：

何期自性，本自清净。

何期自性，本不生灭。

何期自性，本自具足。

何期自性，本无动摇。

何期自性，能生万法。

在无所分别、无所不在、遍及一切的法身里，把自己开发出来，这是"妙用"。因此，可以这样说，一个被迷惑的人，总想从世界得到什么，世界可用的东西就少；而一个开悟的人，总希望把世界给别人，为虚空付出，所以觉得一切都是可用的，一切都是有大智光明的。

经典里说，文殊师利菩萨令善财童子去采药，对善财说：
"不是药的草，给我采来！"

善财出去绕了一圈，发现没有不是药的草，空手而回，对文殊菩
萨说："没有不是药的草！"

文殊说："那么，是药的草，采一茎来。"

善财随手采一株草来。

文殊把草高高举起，开示大众说："此药，亦能杀人，亦能
活人。"

对这个故事，云门文偃禅师开示弟子说："药病相治，尽大地是
药，哪个是自己？"又说："拄杖子是浪，许尔七纵八横；尽大地是
浪，看尔头出头没。"

在我们眼见或不能见的宇宙，没有无用的事物，只是像药与病的
相对一样。大地山河是法身，日月星辰是法身，但云门指出一个伟大
的观点：哪一个是你自己？你也显露了法身吗？

最后，我们来看泽庵禅师说的：

"夫通达人者，不用刀杀人，用刀活人，要杀即杀，要活即活。杀
杀三昧，活活三昧也。不见是非而能见是非，不作分别而能作分别。
踏水如地，踏地如水。若得此自由，尽大地不奈他，悉绝同侣。"

在禅语里，我们常看见这样的话："一尘举，大地收；一花开，世界起。"

"诸佛众生，本来无异；山河自己，宁有等差。""快人一言，快马一鞭；万年一念，一念万年。""一朝风月，万古长空。""一心一切法，一法一切心。"都是在说明禅心开启者，与万法万物并无分别，我们要追问的是：山河大地都是法身，那么，我呢？我在哪里？

吾心似秋月

唯有从容的生活才能让人自重

————————

白云守端禅师有一次与师父杨岐方会禅师对坐。杨岐问说:"听说你从前的师父茶陵郁和尚大悟时说了一首偈,你还记得吗?"

"记得记得,那首偈是'我有明珠一颗,久被尘劳关锁;一朝尘尽光生,照破山河万朵'。"白云毕恭毕敬地说,不免有些得意。

杨岐听了,大笑数声,一言不发地走了。

白云怔坐在当场,不知道师父听了自己的偈为什么大笑,心里非常愁闷,整天都思索着师父的笑,找不出任何足以令师父大笑的原因。

那天晚上他辗转反侧,无法成眠,苦苦地参了一夜。第二天实在忍不住了,大清早就去请教师父:"师父听到郁和尚的偈为什么大笑呢?"

杨岐禅师笑得更开心，对着眼眶因失眠而发黑的弟子说："原来你还比不上一个小丑。小丑不怕人笑，你却怕人笑！"白云听了，豁然开悟。

这真是个幽默的公案，参禅寻求自悟的禅师把自己的心思寄托在别人的一言一行上。因为别人的一言一行而苦恼，真的还不如小丑能笑骂由他，言行自在，那么了生脱死，见性成佛，哪时可以得致呢？

杨岐方会禅师在追随石霜慈明禅师时，也和白云遭遇了同样的问题，有一次他在山路上遇见石霜，故意挡住去路，问说："狭路相逢时如何？"石霜说："你且躲避，我要到那里去！"

又有一次，石霜上堂的时候，杨岐问道："幽鸟语喃喃，辞云入乱峰时如何？"石霜回答说："我行荒草里，汝又入深村。"

这些无不都在说明，禅心的体悟是绝对自我的，即使亲如师徒父子也无法同行。就好像人人家里都有宝藏，师父只能指出宝藏的珍贵，却无法把宝藏赠予。杨岐禅师曾留下禅语："心是根，法是尘，两种犹如镜上痕。痕垢尽时光始现，心法双亡性即真。"人人都有一面镜子，镜子与镜子间虽可互相照映，却是不能取代的。若把自己的喜怒哀乐寄托在别人的喜怒哀乐上，就是永远在镜上抹痕，找不到光明落脚的地方。

认识自我、回归自我、反观自我、主掌自我，就成为智慧开启最重要的事。

小丑由于认识自我，不畏人笑，故能悲喜自在；成功者由于回归自我，可以不怕受伤，反败为胜；禅师由于反观自我如空明之镜，可以不染烟尘，直观世界。认识、回归、反观自我都是通向自己做主人的方法。

但自我的认识、回归、反观不是高傲的，也不是唯我独尊，而应该有包容的心与从容的生活。包容的心是知道即使没有我，世界一样会继续运行，时空也不会有一刻中断，这样可以让人谦卑。从容的生活是知道即使我再紧张再迅速，也无法使地球停止一秒，那么何不以从容的态度来面对世界？

唯有从容的生活才能让人自重。

佛教的经典与禅师的体悟，时常把心的状态称为"心水"或"明镜"，这有甚深微妙之意，但"包容的心"与"从容的生活"庶几近之，包容的心不是柔软如心水，从容的生活不是清明如镜吗？

水，可以以任何状态存在于世界，不管它被装在任何容器，都会与容器处于和谐统一，但它不会因容器是方的就变成方的，它无须争辩，却永远不损伤自己的本质，永远可以回归到无碍的状态。心若能持平清净如水，装在圆的或方的容器，甚至在溪河大海之中，又有什么损伤呢？水可以包容一切，也可以被一切包容，因为水性永远不二。

但如水的心，要保持在温暖的状态才可起用，心若寒冷，则结成冰，可以割裂皮肉，甚至冻结世界。心若燥热，则化成烟气消逝，不能再觅，甚至烫伤自己，燃烧世界。

如水的心也要保持在清净与平和的状态才能有益，若化为大洪、巨瀑、狂浪，则会在汹涌中迷失自我，乃至伤害世界。

我们在现实生活中所以会遭遇苦痛，正是无法认识心的实相，无法恒久保持温暖与平静。我们被炽烈的情绪燃烧时，就化成贪婪、嗔恨、愚痴的烟气，看不见自己的方向；我们被冷酷的情感冻结时，就凝成傲慢、怀疑、自怜的冰块，不能用来洗涤受伤的疮口了。

禅的伟大正在这里。它不否定现实的一切冰冻、燃烧、澎湃，而是开启我们的本质，教导我们认识心水的实相，心水的如如之状，并保持这"第一义"的本质，不因现实的寒冷、人生的热恼、生活的波动，而忘失自我的温暖与清净。

镜，也是一样的。

一面清明的镜子，不论是最美丽的玫瑰花或最丑陋的屎尿，都会显出清楚明确的样貌；不论是悠忽缥缈的白云或平静恒久的绿野，也都能自在扮演它的状态。

可是，如果镜子脏了，它照出的一切都是脏的；一旦镜子破碎了，它就完全失去觉照的功能。肮脏的镜子就好像品格低劣的人，所见到的世界都与他一样卑劣；破碎的镜子就如同心性狂乱的疯子，他见到的世界因自己的分裂而无法起用了。

禅的伟大也在这里，它并不教导我们把屎尿看成玫瑰花，而是教我们把屎尿看成屎尿，玫瑰看成玫瑰；它既不否定卑劣的人格，也不排斥狂乱的身心，而是教导卑劣者擦拭自我的尘埃，转成清明，以及指引狂乱者回归自我，有完整的观照。

水与镜子是相似的东西，平静的水有镜子的功能，清明的镜子与水一样晶莹，水中之月与镜中之月不是同样的月之幻影吗？

禅心其实就是在告诉我们，人间的一切喜乐我们要看清，生命的苦难我们也该承受，因为在终极之境，喜乐是映在镜中的微笑，苦难是水面偶尔飞过的鸟影。流过空中的鸟影令人怅然，镜里的笑痕令人回味，却只是偶然的一次投影呀！

唐朝的光宅慧忠禅师，因为修行甚深微妙，被唐肃宗迎入京都，待以师礼，朝野都尊敬为国师。

有一天，当朝的大臣鱼朝恩来拜见国师，问曰："何者是无明，无明从何而起？"

慧忠国师不客气地说："佛法衰相今现，奴也解问佛法！"（佛法快要衰败了，像你这样的人也懂得问佛法！）

鱼朝恩从未受过这样的屈辱，立刻勃然变色，正要发作，国师说："此是无明，无明从此起。"

鱼朝恩当即有省，从此对慧忠国师更为钦敬。

正是如此，任何一个外在因缘而使我们波动都是无明。如果能止息外在所带来的内心波动，则无明即止，心也就清明了。

大慧宗杲禅师也有一个类似的故事。有一天，一位将军来拜见他，对他说："等我回家把习气除尽了，再来随师父出家参禅。"

大慧禅师一言不发，只是微笑。

过了几天，将军果然又来拜见，说："师父，我已经除去习气，要来出家参禅了。"

大慧禅师说："缘何起得早，妻与他人眠。"（你怎么起得这么早，让妻子在家里和别人睡觉呢？）

将军大怒："何方僧秃子，焉敢乱开言！"

禅师大笑，说："你要出家参禅，还早呢！"

可见要做到真心体寂，哀乐不动，不为外境言语流转迁动是多么不易。我们被外境的迁动就有如对着空中撒网，必然是空手而出，空手而回，只是感到人间徒然，空叹人心不古，世态炎凉罢了。禅师以及他们留下的经典，都告诉我们本然的真性如澄水、如明镜、如月亮，我们几时见过大海被责骂而还口，明镜被称赞而欢喜，月亮被歌颂而改变呢？大海若能为人所动，就不会如此辽阔；明镜若能被人刺激，就不会这样干净；月亮若能随人而转，就不会那样温柔遍照了。两袖一甩，清风明月；仰天一笑，快意平生；布履一双，山河自在；我有明珠一颗，照破山河万朵……这些都是禅师的境界，我们虽不能至，心向往之，如果可以在生活中多留一些自己给自己，不要千丝万缕地被别人迁动，在觉性明朗的那一刻，或也能看见般若之花的开放。

历代禅师中最不修边幅，不在意别人眼目的就是寒山、拾得，寒山有一首诗说：

吾心似秋月，

碧潭清皎洁；

无物堪比伦，

更与何人说。

　　明月为云所遮，我知明月犹在云层深处；碧潭在无声的黑夜中虽不能见，我知潭水仍清。那是由于我知道明月与碧潭平常的样子，在心的清明也是如此。可叹的是，我要用什么语言才说得清楚呢？寒山大师在很久很久以前就有这样清澈动人的叹息了！

两袖一甩，清风明月；
仰天一笑，快意平生；
布履一双，山河自在；
我有明珠一颗，照破山河万朵……

在人生里跑龙套实是无可如何的事
但我们是龙套人物也无妨
只要跑时聚精会神
不因为人微言轻台词少而堕落
也就够了
万一运气来了
总也有熬成主角的一天

不放逸的生活

不管是什么心，
只要有心就好

林边莲雾

在逆境中或者可以开出更香脆甜美的果实

———————

　　到南部演讲，一位计程车司机来看我，送我一袋莲雾。他说："这莲雾不同于一般莲雾，你一定会喜欢的。""这莲雾有什么不同吗？"我把莲雾拿起来端详，发现它的个儿比一般的莲雾小一点，颜色较深，有些接近枣红。

　　"这是林边的莲雾，是我家乡的莲雾呀！"他说。

　　"林边不是出产海鲜吗？什么时候也出产莲雾呢？"我看着眼前这位出身于海边，而在城市里谋生的青年，他还带着极强的纯朴勇毅的乡村气息。青年告诉我，林边的海鲜很有名，但它的莲雾也很有名，只可惜产量少，只有下港人才知道，不太可能运送到北部。加上林边莲雾长得貌不起眼，黑黑小小的，如果不知味的人，也不会知道它的珍贵。来自林边的青年拿起一个他家乡的莲雾，在胸前衬衫上来回擦了几下，莲雾的光泽便显露出来，然后他递给我叫我当场吃下。

"要不要洗一下？"我说。

"免啦，海边的莲雾很少洒农药。"我们便在南方旅店里吃起林边莲雾了，果然，这莲雾与一般的不同，它结实香脆，水分较少，比一般莲雾甜得多，一点也吃不出来是种在海边的咸地上。我把吃莲雾的感想告诉了青年，他非常开心地笑起来，说："我就知道你会喜欢，今天我出门要来听你的演讲，对我太太说想送一袋莲雾给你，她还骂我神经，说：'莲雾也不是什么贵重的东西！'我就说了：'心意是最贵重的，这一点林先生一定会懂！'"

我听了，心弦被震了一下，我说："即使不是林边莲雾，我也会喜欢的。""那可不同，其他莲雾怎么可以和林边的相比！"他理直气壮地说道。我也学他的样子，拿一个莲雾在胸前搓搓，就请他吃了。我们两人就那样大嚼林边莲雾，甚至忘记这是他带来的礼物，或是我在请他吃。话题还是林边莲雾，我说："很奇怪，林边靠着海岸，怎么可能生出这样好吃的莲雾？""因为林边的地是咸的，海风也是咸的，莲雾树吸收了这些盐分，所以就特别香甜了。"他说。

"既然吸收的是盐分，怎么会变成香甜呢？"

"它是一种转化呀！海边水果都有这种能力，像种在海岸的西瓜、香瓜、番茄，都比别的地方香甜，只可惜长得不够大，不被重视。也可以说是一种对比，就像我们吃水果，再不甜的水果只要蘸盐吃，感觉也会甜一些。"这一段话真是听得我目瞪口呆，从盐分变成香甜感觉上是那样的自然。看我有点发怔，青年说："这很容易懂的，就像如果我们拿糖做肥料，种出来的不一定甜。前一阵子不是有些农人在西瓜藤上打糖精吗？那打了糖精的西瓜说多难吃，就有多难吃！"

在那一刻，我感觉眼前的林边青年，就是一位哲学家。后来，他告辞了，我独自坐在旅舍里看着窗外黯淡的大地，吃枣红色的林边莲雾，感受到一种难以言说的滋味，感念这青年开老远的车，送我如此珍贵的礼物，也感念他给我的深刻启发。

在生命里确实是这样的，有时我们是站在咸地上，有时还会被咸风吹拂，这是无可如何的景况，不过，如果我们懂得转化、对比，在逆境中或者可以开出更香脆甜美的果实。

这样想来，林边莲雾是值得欢喜赞叹的，它有深刻的生命力，因而我吃它的时候，也不禁有庄严的心情。

求好

真正的生活品质，是回到自我

————————

有好多人喜欢讲生活品质，他们认为花的钱多、花得起钱就是生活品质了。于是，有愈来愈多的人，在吃饭时一掷万金，在置衣时一掷万金，拼命地挥霍金钱。当我们问他为什么要如此，他的答案是理直气壮的——"为了追求生活品质！为了讲究生活品质！"

生活？品质？

这两样东西到底意味着什么呢？

如果说有钱能满足许多的物质条件就叫生活品质，是不是所有的富人都有生活品质，而穷人就没有生活品质呢？

如果说受教育就会有生活品质，是不是所有的大学生都有生活品质，没受教育的人就没有生活品质呢？

如果说都市才有生活品质，是不是乡下人就没有生活品质呢？是不是所有的都市人都有生活品质呢？

答案都是否定的，可见生活品质乃不是某一阶层、某一地区，或甚至某一时代的专利。古人也可以有生活品质，穷人、乡下人、工匠、农夫都可以有生活品质。因为，生活品质是一种求好的精神，是在一人有限的条件下寻求该条件最好的风格与方式，这才是生活品质。

工匠把一张桌子、椅子做到完美而无懈可击的地步，是生活品质。

农夫把稻田中的种子种成最好的收成，是生活品质。

穷人买一块豆腐，花最便宜的钱买到最好吃的豆腐，是生活品质。

整个社会都能摒弃那不良的东西，寻求最好的可能，这个社会就会有生活品质了。

因此，我们对生活品质最大的忧虑，乃不是小部分人的品位不良，而是大部分人失去求好的精神了。

在一个失去求好精神的社会里，往往使人误以为摆阔、奢靡、浪费就是生活品质，逐渐失去了生活品质的实相。进而使人失去对生活品质的判断力，只好追逐名牌，用有名的香水、服装、皮鞋，以至名建筑师盖的房子，来肯定自我的生活品质，这就是为什么现代社会名牌泛滥的原因。

有钱人从头到脚，从房子到汽车，从音响到电视用的都是名牌，那些名牌多得让人忘记了自己的名字。

一般人欣羡之余，心生卑屈，以为那是生活品质，于是想尽方法不择手段去追求"生活品质"，甚至弄到心力交瘁、含恨而死。君不见被警察抓到的大流氓乃至小妓女，戴劳力士，开进口车，全身都是名牌吗？

真正的生活品质，是回到自我，清楚衡量自己的能力与条件，在这有限的条件下追求最好的事物与生活。再进一步，生活品质是因长久培养了求好的精神，因而有自信、有丰富的心胸世界。在外，有敏感直觉找到生活中最好的东西；在内，则居陋室而依然能创造愉悦多元的心灵空间。

生活品质就是如此简单，它不是从与别人比较中来的，而是自己人格与风格求好精神的表现。

不放逸的生活

放逸的生活是加速燃烧、加速老化，
加速了衰竭与死亡的时间

————————

我有两个少年时代因采访认识的朋友，最近，一个去世了，名字叫作古龙；一个生了重病，名字叫作北港六尺四。

记得古龙过世前不久，我去看他，他的形容枯槁，苍老得像七十岁的老头子，他那时为重病所困，全身已没有一个器官是健康的，当然，酒是一点也不能喝了。

我们坐在日影西斜的暮色里，一起回忆着我们年轻的时候，那时为所谓的豪情所驱，每次会面一定是大醉狂歌而归，有时候一夜就喝掉十几瓶上好的白兰地。

大侠的挽歌

有一回，光是我们两人对饮，一夜就喝掉六瓶 XO，喝到眼睛不能对焦了，人在酒台一仰身就睡昏了过去。想起来，那已是八年前的旧事，那年我二十三岁，古大侠四十岁。

谈到这些，古龙说："你小的时候酒量、酒胆都是一流的，可惜我病成这样，否则真能再畅饮一番！"

我不知道说什么，两人沉默了一阵。

古龙突然说："其实，我很后悔以前过那么放纵的生活，尤其在酒色上面，荒唐得太久了。"我所认识的古龙，是向来不说丧气话，不表示悔意的，听他这样一说，反使我吃了一惊。他接着又说："你以后要少喝酒呀！"

"我早就戒酒了。"我说。

古龙先是露出诧异的神色，那神色就像所有认识我的朋友听到我戒酒的消息一样，然后马上转为欣慰说："酒不是什么好东西。"

其实，古龙的酒名之盛并不亚于他的武侠，在他的朋友里，我的酒量是排名在后面的，他的许多朋友都有把威士忌当白开水喝的本事，和他们喝酒，就像亲见到古龙小说中狂饮放歌的场面。

喝酒，也使古龙付出了十分惨重的代价。他的婚姻失败了，妻子远离，临终时竟没有亲人在身旁，含恨而去。他大部分的社会新闻都是因酒而起。在北投被砍杀的那一场，也是由于纵酒的关系。酒也使他昏沉，大部分时间沉迷醉乡，使他在最巅峰的时候，有很长一段时间没有作品，这是最可惜的。

从他劝我不要喝酒那一次以后，我没有再见过古龙，因为他遽然过世了，死时才四十八岁，完全是酒引起的。但是我想到他临死前劝我少喝酒的情状，知道那是朋友真正的善意，这种体会是他用生命的代价所换来的。

记得他病后在写《大武侠系列》，曾感慨地对着我说："我只希望老天还能给我两年的时间，让我把《大武侠系列》告一段落，流传下去，这样我死也瞑目了。"

可叹，老天连一年的时间也不给他。

他死后，他的朋友商议要用四十八瓶最好的轩尼诗XO给他陪葬，我真希望他在九泉之下不要跳了起来说："我喝酒都喝死了，死了你们还叫我喝！"

他的朋友是一番善意，但是我们每个人劝人喝酒时何尝不是善意呢？只是善意放在酒中也变成杀人的毒汁了。

铁汉的悲剧

认识"北港六尺四"是多年前我在做报道文学的时候，那时对中国功夫很有兴趣，有一次路过北港，在妈祖庙前有一家北港六尺四开的药店，我就进去采访了这位从台湾乡间崛起的武术名家。

当时我看到的六尺四，神采奕奕，由于他的身形比一般人高大许多，感觉上壮得像一座山。最令我印象深刻的是他的手，张开手掌来就如同一张梧桐叶那样大，又宽又厚。

北港六尺四不只是身体棒，他的功夫也很了不起，他从小就随父亲练中国功夫，练了一身的气功，后来精通了太极拳、罗汉拳、鹤拳等拳术，二十几岁的时候，已经是北港地区有名的武术家。

他的本名叫陈政行，因为身高正好是六尺四，后来武术界的人就叫他"北港六尺四"，本名反而被遗忘。

六尺四最有名的功夫有三：一是汽车碾身，他可以躺着，让满载五十人的游览车从身上碾过而毫发不伤；二是单手抓人，他可以一只手抓起体重八十八千克的壮汉，向上撑起；三是钢筋抽身，他可以任凭拇指粗的建筑用钢筋抽打，一直打到钢筋弯折而皮肉无伤。以这样的功夫，恐怕在台湾也难得找到像他一样刚强的铁汉。

后来我每次路过北港，总会去看看他，发现六尺四虽然名闻天下，性格却是非常朴实的。他勤劳，有责任感，娶两个太太，为了维持两个家庭，终日在外奔波卖药。

他幼年失学，几乎没有别的嗜好，唯一的嗜好就是喝酒。他的酒量比古龙还好，他一次可以喝掉三大瓶的金门高粱，像绍兴花雕一次可以喝八瓶到十瓶；至于啤酒，那更不用说了，他把乡下一家小店所有的啤酒都喝光也不会醉。

这位功夫行家，性格非常谦虚温和；他酒品很好，喝了酒后不闹事。

去年十一月，北港六尺四病倒了，病因是脊椎骨腐蚀和高血压。

造成这些病的原因，除了自恃身体强健劳累过度，就是过量的饮酒。

现在，北港六尺四，铁打的金刚正躺在病床上，脊椎用支架撑着，血压以药物控制，这位游览车压不倒的人，却被黄汤灌倒了。

那些自以为身体奇棒无比，自以为年轻可以挥霍的人，放纵饮酒之时，请想想北港六尺四吧！他今年才四十八岁，是多么年轻有为，可是由于饮酒，枉费了二十几年时间才练出的武功。

饮酒三十六失

我每次想起这两位为酒所害的朋友，就想到佛经里对酒的看法。佛教把戒饮酒作为弟子的基本戒律之一，确实有极深刻的道理，在许多佛教的经典中都谈到了酒的危害，例如：

"饮酒有六失：一者，失财。二者，生病。三者，闹事。四者，恶名流布。五者，恚怒暴生。六者，智慧日损。"——《长阿含经》

"酒为毒气，主成诸恶。王道毁，仁泽灭，臣慢上，忠敬朽。父失礼，母失慈，子凶逆，孝道败。夫失信，妇奢淫。九族诤，财产耗。亡国危身，无不由酒。"——《八师经》

但是对酒患最深刻细密的解说，是佛陀在《分别善恶所起经》中说的。

佛说："人于世间，喜饮酒醉，得三十六失。何等三十六失？

"一者，人饮酒醉，使子不敬父母，臣不敬君；君臣父子，无有上下。二者，语言多乱误者。三者，醉使两舌多口。四者，人有伏匿隐私之事，醉便道之。五者，醉便骂天溺社，不避忌讳。六者，醉便卧道中，不能复归，或亡所持什物。七者，醉便不能自正。八者，醉便低仰横行，或堕沟坑。九者，醉便躄顿，复起破伤面目。十者，所卖买谬误妄触抵。十一者，醉便失事，不忧治生。十二者，所有财物耗减。十三者，醉便不念妻子饥寒。十四者，醉便嚾骂不避王法。十五者，醉便解衣脱裈袴，裸形而走。十六者，醉便妄入人家中，牵人妇女，语言干乱，其过无状。十七者，人过其旁，欲与共斗。十八者，蹋地唤呼，惊动四邻。十九者，醉便妄杀虫豸。二十者，醉便挝捶舍中什物，破碎之。二十一者，醉便家室视之如醉囚，语言冲口而出。二十二者，朋当恶人。二十三者，疏远贤善。二十四者，醉卧觉时，身体如疾病。二十五者，醉便吐逆，如恶露出，妻子自憎其所状。二十六者，醉便意欲前荡，象狼无所避。二十七者，醉便不敬明经贤者，不敬道士，不敬沙门。二十八者，醉便淫妷，无所畏避。二十九者，醉便如狂人，人见之皆走。三十者，醉便如死人，无所复识知。三十一者，醉或得疱面，或得酒病，正萎黄熟。三十二者，天龙鬼神，皆以酒为恶。三十三者，亲厚知识日远之。三十四者，醉便蹲踞视长吏，或得鞭搒合两目。三十五者，万分之后，当入太山地狱，常销铜入口，焦腹中过下去；如是求生难得，求死难得，千万岁。三十六者，从地狱中来出，生为人常愚痴，无所识知。"

我第一次读完这饮酒的三十六失，当下吓得冷汗直冒，从此就再没有喝过一口酒了。原来喝酒而失去健康，甚至亡命，都算是轻微的事。

现在的医学早就证明酒对人身无益，但对它所生的危病并不详知，但是在两千多年前，佛陀已经明白地说出了这种危害，并且把它当成重要的戒律。

加速的燃烧

作为佛的弟子当然应戒酒，即使不是佛教徒，也应该明白酒的害处而抑制之。

酒如此，生活的一切无不如此，过度的放逸总是有害的，一个过着正常生活的人，都是一日一日地在燃烧，在老化，在走往衰竭与死亡的道路，何况是放逸的人？放逸的生活是加速燃烧、加速老化，加速了衰竭与死亡的时间。

因此，选择过一个不放逸的生活在现代是多么的重要，因为现代人比古代的人更烦闷、更复杂、更苦痛，一旦不知节制，正如同焦热之油，烈火一点，瞬间便能燃尽。

《四十二章经》中的一段话实在是永恒的真理，值得人人记而诵之：

财色之于人，譬如小儿贪刀刃之蜜甜，不足一食之美，然有截舌之患也。

过度的放逸总是有害的，
一个过着正常生活的人，
都是一日一日地在燃烧，
在老化，在走往衰竭与死亡的道路，
何况是放逸的人？
放逸的生活是加速燃烧、加速老化，
加速了衰竭与死亡的时间。

跑龙套的时代

凡是当主角的人，
都是在跑龙套时聚精会神，努力跑龙套的人

———————

遇到一位在平剧学校教书的老师，他说："所有舞台上的大明星都是从跑龙套开始的，可惜，到后来他们都忘了跑龙套的日子，以为自己是天生的明星。"

他又说："在舞台上，主角总是最少的，大部分的人都在跑龙套。我们的实际人生何尝不是这样呢？人人都在跑龙套，那真正的主角只有一两位。"

关于龙套，他还有一个心得："凡是当主角的人，都是在跑龙套时聚精会神，努力跑龙套的人。那些跑龙套时随随便便的人，你几乎可以确定地说：'这个人永远不可能当主角的。'"

"跑龙套跑久了，确实会令一个有可能造就的人堕落，但那些后来出头的人就是长期跑龙套也不会堕落的。"

听了这一大套龙套的哲学，真是给人带来极大的启示，所谓"戏台有人生"正是如此。其实生在这个时代，也可以说是"龙套的时代"，因为真正的主角确实很少，而大部分的主角也不是绝对的主角，时迁势移之后，主角可能再变成为龙套，甚至有的连戏台也上不去了。

从更大的层面来说，戏台上的主角何尝不也是时间与环境造就出来的龙套呢？能看透这一点，才是探触到"这是跑龙套的时代"的本质所在。

例如，最近社会上有两起极受重视的换角事件：一是某汽车公司的总经理临时被阵前换将，使得这位人人敬佩的经营家失去了自己的舞台；一是某大家电业者的"家变"，曾经冲锋陷阵，被视为家族中最有才华的总经理，被家族斗出舞台之外，失去了舞台。

舞台的失去是对长期做主角的人最严重的打击，因此，我们看到这两位大众人物黯然落泪离开岗位的情景。从这里，一般人可以领悟到：世间没有永远提供自己演出的舞台，项羽在乌江失去了舞台，但刘邦何尝有过动人的演出呢？

大人物有大舞台，但也演出较大的悲剧；小人物只有小舞台，演出一些较小的悲剧。这是人生的真情实景，往往在戏的最高潮，就要等待落幕了。

在人生里跑龙套实是无可如何的事，但我们是龙套人物也无妨，只要跑时聚精会神，不因为人微言轻台词少而堕落，也就够了。万一运气来了，总也有熬成主角的一天。

熬成主角的时候，千万不要忘了跑龙套的日子，要知道再辉煌的戏码也会过去，这样，不管是当主角，跑龙套，甚至失去了舞台，都会坦然自在。

一个人要当自己的主角，只有在看清楚整个舞台的流变后才有可能，你看，那舞台上扮皇帝、扮乞丐的不是同一个人吗，他不是一样演得很起劲吗？

如果没有明天

不能专注把握此刻的人，
也肯定是不能把握将来的

————————

　　我到一个朋友家里，看见他书房的架子上摆着十几册精装的日记本，顿时肃然起敬，对朋友赞美说："没想到你写了十几年日记呀！"

　　他笑着说："这么多的日记本，没有一本写超过七天的！"

　　"怎么会呢？"

　　朋友告诉我，他在少年时代读一些伟人传记，发现许多伟大人物都有写日记的习惯，他便想也要养成写日记的习惯。第一年只写了七天，就没有再往下写了。

　　原因呢？

　　朋友说："说太忙，实在是一种借口。其实，是觉得生活这样单调、空洞、乏味，每天都在重复着，到底还有什么好写的呢？从前不写日记，不知道生活如此单调，开始写日记时才发现了。"

第一年没有写成日记，朋友非常懊悔，发誓第二年再买一本来写，第二年只写了五天，后来每况愈下，最近这几年，一到过年的时候，到书店去买一本精装的日记，聊表纪念，摆在书架上，偶尔看起来，想到从前也曾是一个立志想要写日记的人。

告辞朋友出来，走在严冬寒冷的夜街上，我非常感慨，常觉得生活单调、空洞、乏味的恐怕不只是我的朋友吧！其实，日子怎么会每天一样？我们今天比昨天成长一些，今天比昨天更接近死亡一步，今天比昨天多看了一天世界，怎么会一样？世界也是日日不同的，有时会有飞机撞山，有时会有坦克压人，有时地震灾变，有时冰雪凌人，甚至就在短短的几天，有几个政府被推翻而改变了，日子怎么会一样呢？

感到日子没有变化，可能是来自生活的不能专注、不肯承担，因此就会失去对今天甚至当时当刻的把握了。可悲的是，不能专注把握此刻的人，也肯定是不能把握将来的。

有一次，我在市场买甘蔗，卖甘蔗的人看来是充满智慧的人。老人说得起劲，旁边的人听得都笑了，他突然严肃地说："不要笑，人生的变化是莫测的，各位看我在这里削甘蔗，说说笑笑，说不定今天晚上我回家躺下来睡觉，明天就起不来了。"

人群里突然冒出一个声音："既然不知道明天能不能起来，今天又何必来卖甘蔗呢？"

"呀！少年家，你有没有听过'一日不作，一日不食'？就是明知明天不能再活在这个世间，今天也要好好地削甘蔗。如果没有明天，难道我们就要躺着等死吗？"

这段话说得让人肃然起敬。只有今天能专注、努力、好好削甘蔗的人，才能尝到生命中真实的甜蜜吧！写日记也是如此，它是在训练培养我们对此时此地的注视，若不是这样深入的注视，日记只是语言的陈述，有什么意思呢？

有一位和尚去问赵州禅师："师父，什么是你最重要的一句格言？"

赵州说："我连半句格言也没有，不要说一句了。"

和尚又问："你不是在这里做方丈吗？"

赵州立刻说："是呀。做方丈的是我，不是格言！"

这使我们体会真正的生命风格，是对现今的专注，而不是去描述它。

有一位和尚去问百丈怀海禅师："师父，世界上最奇妙的事是什么？"

百丈说："那就是我独坐在大雄峰上。"

真的很奇妙，每个人都独坐在大雄峰上，只是很少人看见或体验过这种奇妙。如果我在这世上没有明天，这是禅者的用心。一个人唯有放下现在心、过去心、未来心，才会有真切的承担呀！

珍惜你所看到的

"拥有"与"看到"原是人生最珍贵的东西

——————————

　　曾经以《爱、生活、学习》一书风靡一时的作家利奥·巴斯卡利亚，他写过一本鲜为人知的新诗集《一片叶子——生命的故事》。

　　利奥·巴斯卡利亚把自己化成一片名叫费迪的叶子，来经验生命的四季，并用以沉思生与死的问题，文笔优美，思想深刻，观点活泼，对人生有许多启发。我特别喜欢结尾的几段，他写到秋风一起，叶子们纷纷飘落了，树上只剩下费迪和另一片充满智慧的叶子唐宁，它们曾有动人的对话，我把它抄录在这里：

　　"我们都会有这么一天吗？"费迪问。

　　"是的，"唐宁说，

"天下万物皆有终止的一天，

不论大小强弱。

我们先生存，努力做好本分的事；

我们也享受日光的和煦，月光的轻柔；

我们经历风霜雨露，欢笑和歌舞，然后死亡。"

"我不要死！"费迪下着决心，"你呢？"

"我无所谓，"唐宁说，"该走时我就走！"

"那是什么时候呢？"费迪问。

"谁也说不准。"唐宁回答说。

……

"我害怕死亡，"费迪告诉唐宁，

"我不知道下面是什么样的世界。"

"我们对未知的大自然都心怀恐惧，"

唐宁安慰它，

"你想想你并不害怕春去夏来，

你也不担心夏天过后，秋天的来临，

这也是自然变化，那为什么对死亡那一季，

你独独深怀恐惧呢？"

"树也会死吗？"费迪问。

"有一天，"唐宁说，

"但是有一个比树更强壮有力的个体，

确实永远不死的，那就是生命，

而我们都是那个生命的一部分。"

"我们死了之后会去哪里呢？"

"这是无人能回答的奥秘。"

"我们会在春天时回来吗？"

"可能不会，但是生命会在春日复苏。"

"那为什么我们要经历那些生活？"

费迪追根究底地问着，

"我们活着，如果只为了有一天，

免不了要坠地而亡，又所为何来呢？"

"想想那些我们经历过的日月星辰，"

唐宁理直气壮地说，

"那些我们相聚的快乐时光，

那树荫下的老者和儿童，

那多彩多姿的秋日色泽，

那物换星移的季节变化……

这难道还不够吗？"

接下来，利奥·巴斯卡利亚写到唐宁在"黄昏的余晖中悄悄地落下，不带些许挣扎"，只剩下费迪孤零零挂在树上，第二天它也在初雪中凋落了。利奥这样写着：

黎明时，

一阵风把费迪从树枝上摇落，

并没有感到任何疼痛，

费迪只静静地在空中飘浮……

然后悄悄地、轻柔地，

降落下地。

当它落下时，

它第一次看清了树的全貌，

多么强壮有劲的大树。

它肯定这是一棵长存不倒的大树，

当它想到自己曾是树的一部分时，

它心满意足地笑了。

费迪落在堆起的雪地上，

它感到柔软甚至有些温暖。

在新的住处，它从未有过的舒服，

费迪闭目入眠，不再有所知觉。

"想想那些我们经历过的日月星辰，"
唐宁理直气壮地说，
"那些我们相聚的快乐时光，
那树荫下的老者和儿童，
那多彩多姿的秋日色泽，
那物换星移的季节变化……
这难道还不够吗？"

　　我很喜欢《一片叶子》这本书，它对死亡与因缘做了一个清晰的观照，甚至是充满禅意的。一个人与其终日思索死亡的问题，还不如回到眼前来珍惜每一个黎明。这使我想起在电视上曾看过两个广告，都是由盲人歌手曹松章拍的，一个是环境保护的广告，他说"珍惜你所看到的"。

　　"拥有"与"看到"原是人生最珍贵的东西，禅也是如此，是从拥有的地方生发的，是从看到的地方启示的。活着时若不生发与启示，死了之后就更难了。

　　有一次，释迦牟尼佛带弟子走过乡村，看到乡人正为一个亡者诵经超度，弟子们就问佛说："世尊，像这样的超度，真的能使亡者升天吗？"

　　佛陀就问弟子们说："如果把一块石头丢进井里，人绕着那口井诵经希望石头浮上来，石头会浮起来吗？"

　　弟子们都肯定了石头不会再浮起来。

　　佛陀说："所以，你们要珍惜活着的时光，好好觉悟修行呀！"

　　当然，佛并不是否定诵经超度，而是有一个更为重要的东西，就是活着时珍惜、觉悟，才是究竟的，死后的超度则是渺茫的寄托呀！

　　亲爱的朋友，生命的真意乃是：珍惜我们所看到的！珍惜我们所拥有的！

家舍即在途中

无心于成败，专心于每一个转折，
我们就可以免除执着的捆绑了

————————

学道须是铁汉，着手心头便判；

通身虽是眼睛，也待红炉再煅。

鉏麑触树迷封，豫让藏身吞炭；

鹭飞影落秋江，风送芦花两岸。

——浮山法远禅师

有一位大学毕业的少女，非常向往记者的工作，于是去投考新闻机构。

她被录取了，但是由于没有记者的空缺，主管叫她暂时做一些为同事泡茶的工作。对一个满怀梦想的大学女生，只为大家泡茶，心里当然非常失望。

不过，她想到公司也不是有意轻视她，待遇也不错，就安慰自己：不用急，将来一定有机会的！于是坦然地去上班，每天为同事泡茶、倒茶。

三个月过去，她开始沉不住气了，心里总是对公司抱怨："我好歹也是大学毕业呀！却天天来给你们泡茶。"这样一想，她泡茶时就不像从前愉快，泡出来的茶也一天不如一天，但她自己并没有发现。

又过了一段时间，有一天她泡好茶端给经理喝，经理喝了一口就大骂起来："这茶是怎么泡的，难喝得要命，亏你还是大学毕业呢！连泡杯茶都不会！"

她真是气炸了，几乎哭出来："谁要在这鬼地方继续泡茶呢？"正准备当场辞职的时候，突然来了重要的访客，必须好好招待，她只好收拾起不满与委屈，想反正要离开了，好好地泡一壶茶吧！于是认真泡一壶茶端出去。当她把茶端出去，转身要离开的时候，突然听到客人一声由衷的赞叹："哇！这茶泡得真好！"

别的同事（包括骂她的经理）都端起茶来喝，纷纷情不自禁地赞美："这壶茶真的特别好喝！"

就在那一刻，她自己也呆住了："只是小小一杯茶而已，竟然造成这么大的差异，或被上司大声斥骂，或被大家赞不绝口，这茶里显然有很深奥的学问，我要好好去研究……"

从此以后，她不但对水温、茶叶、茶量都悉心琢磨，就连同事的喜好、心情也细心体会，甚至连自己泡茶时的心情状态会带来的结果也了若指掌。很快地，她成为公司的灵魂人物，不久，她被升为经理，因为老板心里想："泡茶时这么细心专心的人，一定是很精明难得的人才。"

这是日本禅师尾关宗园讲的一个真实故事，使我们发现生活中就有不可思议之处，不难了解其中的真意，同样的人、同样的茶可以产生完全不同的结果，造成结果的显然不是人，也不是茶，而是专心的投注和体验的心情。一个会泡茶的人与一般人不同的是，不论喜怒哀乐，他在泡茶时可以完全专心地融入，因此在茶里有了一体、无心之感，风味就得到展现了。

从前，我刚进一家大报馆工作，报社派给我的第一个工作是跑社会新闻，我去找总编辑，和他商量我的个性不适合打杀吵闹的社会新闻，较适合文教、副刊、艺术等工作。听完我的叙述他笑起来，说："没有人天生下来就是跑社会新闻的呀！所以你也可以跑。"

于是我跑过社会、艺术、科技、经济，甚至产业新闻。后来社内权力斗争，我被派到一个非常冷门的单位，一时没有位子给我，我跑去问："我到底可以做什么？"总编辑说："你只要每天按时来喝茶看报纸，时间到了就下班回家，每个月领一次薪水。"我真的每天专心地去喝茶看报，思考人生的意义，不久之后，我就离开报馆了。

"喝茶时喝茶""吃饭时吃饭""睡觉时睡觉"，禅师们如是说，里面有深意在焉，分别就在于无心或有心，专心或散心。专心喝茶的人才能品出茶的滋味，无心于睡觉的人才不会失眠，因此，我们遇到人生的转折时，若能无心于成败，专心于每一个转折，我们就可以免除执着的捆绑了。

　　黄龙禅师说："我手何似佛手？"（没有人天生下来就要成佛的，所以我也可以成佛）"我脚何似驴脚？"（连泡茶这种小事都做得很好，一定是难得的人才）"阿那个是上座生缘？"（成佛或泡茶都是我的本来面目）这样一参也就如是了。

　　特别在现代社会，大部分人从事的工作都不是自己热爱的，如果没有一些空间，就会陷入痛苦之境。禅心是在创造那个空间，使我们"家舍即在途中，途中不离家舍"，过一种如实的生活，若能专注地投入每一刹那，每一刹那都是人生的机会。

轮回之香

那种香虚矫而夸饰，熏人欲呕

————————

朋友从国外来，送了我一瓶香水，只因为那香水的名称叫"轮回之香"。

朋友说："在佛教里，轮回原是束缚堕落的意思。轮回之中还流着香气，真是太美了。"

我听了有些迷惘。这几年像香水这样的东西也有两极化的倾向。就在不久之前，有两家极为著名的香水公司，分别把它们的香水叫"毒药""寡妇"，也曾引起一阵流行的风潮。如今突然跑来一阵"轮回之香"，突破了毒药的迷雾。

"香水只是香水，不管它用什么名称，也只是香水呀！"我对朋友说。

对于那些通过强大的宣传来制造的神话，我往往不能理解；对于为什么小小的化妆品、香水之类竟可以卖到八千、一万的高价，我更不能理解。

我的不能理解来自我的童年。小学三年级我生了一场大病，到高雄开刀，住在亲戚家。亲戚是化妆品制造厂的老板。我记得他的工厂摆了四口大灶，灶上的锅子永远煮着烟气弥漫的香料，用一个大棒在上面不停地搅拌，香气在一里外就能闻见。

煮好的化妆品分成两种：一种是面霜，一种是水状的（大概是香水或化妆水）。水状的放入茶壶冷却，然后一瓶瓶倒在玻璃瓶里批发出去。

三十年前的台湾还是纯手工的时代。由于对那制造过程的熟悉，我后来看到化妆品都生起荒谬之感。我的脑海里时常浮起表姨在黑夜的灯下，用棒子搅动大锅和以壶装瓶的画面。

在表姨家的一个月，我就住在化妆品工厂的阁楼上，那终日缠绵的香气无休无止地在我四周环绕。刚开始的两天还觉得味道不错。过了一阵子，竟感觉那种香虚矫而夸饰，熏人欲呕。到后来，我躺在阁楼上，就格外地怀念着乡下牛粪的气味，还有小路上野草的清气。

当年，在台湾南部最流行的香水是"明星花露水"。表姨时常感慨地说："如果能做到像明星花露水那么有名就好了。"

我们乡下中山公园山脚有一家茶室，茶店仔查某都是喷明星花露水。我们每次路过，闻到花露水和霉味交杂的气息，都夹着尾巴飞快地逃走，那个味道有一种说不出来的龌龊之感。

不久前，我在台北松山路一家小店买到大中小三瓶明星花露水，包装还是和三十年前一样，价钱所差无几，三瓶不到两百元。想到多年来未联络的表姨，想到人事的沧桑，不禁感慨不已。

我对朋友说到了我对香水的一页沧桑："如果有一家名厂的香水，取名为'牛粪'或'青草'，仕女们也会趋之若鹜吧！"这没有贬抑香水的意思，只是对一瓶香水的广告上所说"一滴香水代表永生，不断转生，追求尽善尽美的和谐；小小一滴香水即是片片永恒，只要一次接触，神奇的境界顿然开启"，有着一笑置之的态度。

不管是东方还是西方，香水一直是神秘的象征。在我国晋朝的时候，女人为了制造香水胭脂，要先砍桃枝煮水，洒遍室内，然后砍寸许的桃枝数千条围插在墙脚四周，并且禁止鸡鸣狗叫，供一个紫色琉璃杯在"胭脂之神"前，自穿紫衣、紫裙、紫带、紫冠簪、紫帽子，虔诚地礼拜。最后，用桃叶刮唇，一直刮到出血，再把血与紫色花朵放在装着汾河水的鼎里煮沸，女人长跪闭目等待，不久就化为香水胭脂了。传说这是我国制造胭脂的开始。

被名为"轮回之香（Samsara）"的香水，传说是那个长跪在西藏佛教圣地札什伦布寺里佛陀像前的人，得到佛的圆满、宁静、祥和、亲切的启示，以数十种自然原料创造的永恒之香。女性用了这种香水就会得到优雅、宁静、自在。

这两段文字，前者出现在明朝伍瑞隆的小品，后者是 21 世纪新香水的说明书。是不是都充满着神秘、传奇的宗教气氛呢？

不只东西方对香水如此，传说中东沙漠边陲有个地方叫"阿拉伯乐土（EudevnonAraba）"，在《圣经·旧约》的记载中就是盛产香水的地方。他们以橄榄树提炼出来的纯白香料置于炭火上焚烧，会散发出神秘优雅、难以言喻的甜美香气。古埃及和罗马王朝的帝王以此作为祭祀，可与神灵交感。希腊人在公元前 1 世纪就带着这些香料在海上贸易，并直航阿拉伯海和印度洋。这条贸易之路早于我们所熟知的"丝路"，被称为"海上丝路"或"香之路"。

日本当代的音乐家神思者（Sense，电影《悲情城市》的作曲者），以这个传说作为蓝本，写出了极为动听的"海上丝路系列"。我在聆听《阿拉伯乐土》《花之圆舞曲》《水畔净土》的乐音时，仿佛也闻到了橄榄树那白色的香气。

日本人从江户时代开始就有"香道"之说，更把香水提升至道的层次，研究香味对生理和心理的影响，发展出极富想象力的芳香疗法（Aromachology）。香道是从佛教出来的，香常被用来象征佛法的功德，香道其实就是功德之道。

印度是极早就用香的国度，数千年前就有栴檀香、沉水香、丁子香、郁金香、龙脑香、乳香、黑沉香、安息香等香料。若依使用方法，有香水、香油、香药、丸香、散香、抹香、练香、线香等，排起来洋洋洒洒，正是一本"香道"。

我觉得极有趣的是在印度、西藏都有制"香泥"的风俗。他们把牛粪、泥土、香水混合起来，制成一种泥状的东西，作为涂坛场修法之用。香水虽贵，牛粪、泥土亦可贵呀！

对于"轮回之香"我于是有不同的观点；在无始劫的轮回之中，如果我们有戒香、定香、慧香、解脱香、解脱知见香等功德之香作为引导，必将引领我们走入更清净的境界。我深信在法界中，必有一个无形无相的香光庄严世界。

但是，再回头一想，这世界，不论古今中外，任何民族都有他们的"香道"，用以涂饰身体，掩盖从身体出来的自然之味，也可见我们的身体是多么不净。佛陀在四念处中教我们常念"观身不净、观受是苦、观心无常、观法无我"是多么深刻而真实的教化呀！

这身体，即使吃的是山珍海味，饮的是玉液琼浆，穿的是绫罗绸缎，涂的是"轮回之香"，只要过了一夜，无不成为不净的东西。如是观察，就会使我们免除对身相的执着。身相的执着一旦破了，用来庄严不净之身的事物也就不会执着了。

我最感慨的是，现代的香水愈做愈昂贵，香气愈来愈盛，甚至连男人也使用香水，是不是表示现代人的身心一天比一天不净了呢？

玻璃心

人在无形中受到机器影响，
人味比从前淡薄了

————————

　　在一所中学演讲时，有一个学生问了个问题："你认为人最大的危机是什么？"我不假思索地说："我认为人最大的危机是越来越不像人。""为什么？""因为人的品质日渐低落，越来越多的人像动物一样，充满了欲望，只追求物质的实现与满足。而人在生活形式上则越来越像机器，由于和机器相处的时间日渐增加，甚至超过人与人相处的时间，人在无形中受到机器影响，人味比从前淡薄了。"我说。

　　那位中学生听了，又站起来问："那么，你觉得人最大的希望是什么？"我说："人最大的希望是单纯的心、奉献的心、爱人的心。""所谓单纯的心就是不功利、没有杂染的心；奉献的心就是时常渴望为别人做些什么，带给别人利益的心；爱人的心就是设身处地为别人着想，发自内心地关怀别人的心。如果有这些心，人就会比较有希望了。"我补充道。

另一位看起来很活泼的女生站起来，俏皮地说："可是杨林有一首歌叫《玻璃心》，说爱人的心是玻璃做的，很容易破碎的！"说完后，大家哄堂大笑，我也结束了这一次演讲。

在往台北的火车上，回想着这段对话，我觉得自己的答复有一些是需要补充的。最近这些年，我感觉越来越多的人有两极化的倾向。一种是生活、行为、动机、人生目标极像动物，就是我们所说的"衣冠禽兽"，他们几乎不管心灵的提升，只求物质的满足，还有一些是不在乎别人死活，杀盗淫妄无所不为。另一种则是极像机器人，全部自动化，终日不与人相处，只与机器相处，在家里一切都是机器化，出门关在汽车里，在办公室则与电话、电脑、传真机为伍，晚上在沙发上看电视，一直到睡去为止。

这种两极化的倾向是非常令人忧心的，人间的冷漠无情、僵硬无义也就成为一种不可避免的倾向，因为不管是"衣冠禽兽"或"衣冠机器人"，共同特质都是缺乏人间的沟通与情义。时日既久，当然成为人最大的危机了。

要突破"禽兽"与"机器人"唯一的方法就是有一颗温暖的心，过单纯的生活，真实地为别人奉献，花更多的时间在人的身上而不是机器身上，其实这也只不过是坚持作为人追求真、善、美的品质罢了。

确实，做一个完整的人比做禽兽复杂得多，与人沟通相爱比和机器相处困难得多，使大部分人"既期待又怕受伤害"，不肯承担人的责任与荣誉。我们可以看到那些倾向动物或机器的人，都是曾受过伤害和害怕受伤害的人。

可是，有一颗容易受伤害的玻璃心，总比没有心要好得多，偶尔听听心灵破碎的声音也比只想贪求世界便宜的人要可爱得多。

有时候极让人痛心的是，人类文明的推动发展，到最后竟使我们在流失人的品质。我们借着电脑、电话、传真机沟通，而懒于互相谈话、拥抱、互爱；我们看一幅画的好坏先看其标价；我们交朋友先衡量互相的价值，以便踩着别人的肩膀向上爬……到最后，许多人竟无视别人的死活，杀人放火、奸淫掳掠，被捕了还在电视上微笑。天啊！动物相互之间都还有哀矜与关爱之情，机器都有无误守信主义，人为什么沦落至此。

人最大的危机就在这里，而人最大的希望就是要大家一起来反制这种危机。用玻璃的心、水晶的心、钻石的心、黄金的心都好，不管是什么心，只要有心就好！

欢乐悲歌

常怀悲悯心，
可以使我们免于习气熏染的堕落

————————

带孩子从八里坐渡轮到淡水去看夕阳。

八里的码头在午后显得十分冷清，虽然与淡水只是一水之隔，却阻断了人潮，使得码头上的污染没有淡水严重，沿海的水仍然清澈可见到海中的游鱼。一旦轮渡往淡水，开过海口的中线，就会看见到处漂浮着垃圾，海面上飘来阵阵恶臭。

到了淡水，海岸上的人潮比拍岸的浪潮还多，卖铁蛋、煮螃蟹、烤乌贼、打香肠、卖弹珠汽水的小贩沿着海岸，布满整个码头，人烟与油烟交织，甚至使人看不清楚观音山的棱线。

许多父母带着小孩，边吃香肠边钓鱼。我们走过去，看到塑胶桶子里的鱼最大的只有食指大小，一些已在桶中奄奄一息，更多的则翻起惨白的肚子。

"钓这些鱼做什么？要吃吗？"我问其中一位大人。

"这么小的鱼怎么吃？"他翻了一下眼睛说。

"那，钓它做什么？"

"钓着好玩呀！"

"这有什么好玩呢？"我说。

那人面露愠色，说："你做你的事，管别人干什么呢？"

我只好带孩子往海岸的另一头走去，这时我看见一群儿童在拿网捞鱼，有几位把捞上的鱼放在汽水杯里，大部分的儿童则是把鱼捞起倒在防波的水泥地上，任其挣扎跳跃而死。

有一位比较大的儿童，把鱼倒在水泥地，然后举脚，一一把它们踩碎，尸身黏糊糊地贴在地上。

"你在做什么？"我生气地说。

"我在处决它们！"那孩子高兴地抬起头来，看到我的表情，他也吃了一惊。

"你怎么可以这样残忍，万一你也这样被处决呢？"我激动地说。

那孩子于是往岸上跑去，其他的孩子也跟着跑走了，在他们远去的背影中，我看见他们的制服上绣着"文化小学"的字样。原来他们是淡水文化小学的学生，而文化小学是在古色古香的真理街上。

真理街上的文化小学学生为了好玩，无缘无故处决了与他们一样天真无知的小鱼，想起来就令人心碎。

我带着孩子沿海抢救那些劫后余生的小鱼，看到许多已经成为肉泥，许多则成鱼干，一些刚捞起来的则在翻跳喘息。我们小心地拾起，把它们放回海里，一边做一边使我想到这样的抢救是多么渺茫无望。因为我知道等我离开的时候，那些残暴的孩子还会回来，他们是海岸的居民，海岸是永无宁日的。

我想到丰子恺曾在一篇文章里写道："顽童一脚踏死数百蚂蚁，我劝他不要。并非爱惜蚂蚁，或者想供养蚂蚁，只恐这一点残忍心扩而充之，将来会变成侵略者，用飞机载了重磅炸弹去虐杀无辜的平民。"这种悲怀不是杞人忧天，因为人的习气虽然有很多是从前带来的，但今生的熏习，也足以使一个善良的孩子成为一位凶残的成人呀！

就像古代的法庭中都设有"庭丁"，庭丁一向是选择好人家的孩子，也就是"身家清白"的人担任，专门做鞭笞刑求犯人的工作。这些人一开始听到犯人惨号，没有不惊伤惨戚的，但打的人多了，鞭人如击土石，一点也没有悲悯之心。到后来或谈笑刑求，或心中充满恨意，或小罪给予大刑。到最后，就杀人如割草了。净土宗的祖师莲池大师说到常怀悲悯心，可以使我们免于习气熏染的堕落，他说："一芒触而肤栗，片发拔而色变，己之身人之身疾痛疴痒宁有一乎？"

我们只要想到一枝芒刺触到皮肤都会使我们颤抖，一根头发被拔都会痛得变色，再想到别人所受的痛苦有什么不同呢？众生与我们一样，同有母子、同有血气、同有知觉，它们会觉痛、觉痒、觉生、觉死，我们有什么权力为了"好玩"就处决众生，就使众生挣扎、悲哀、恐怖地死去呢？有没有人愿意想一想，我们因为无知的好玩，自以为欢乐，却造成众生的悲歌呢？

沿着海岸步行，我告诉孩子应如何疼惜与我们居住于同一个地球的众生。走远了，偶尔回头，看见刚刚跑走的真理街文化小学的孩子又回到海边，握着红红绿绿的网子，使我的心又为之刺痛起来。

"爸爸，他们怎么不知道鱼也会痛呢？"我的孩子问说。

我不知道如何回答，而默然了。

记得有一位住在花莲的朋友曾告诉我，他在海边散步时也常看到无辜被"处死"的小鱼，但那不是儿童，而是捞鳗苗或虱目鱼苗的成人，捞网起来发现不是自己要的鱼苗，就随意倒在海边任其挣扎曝晒至死。朋友这样悲伤地问：

"为什么？为什么不能轻移几步，把它们重新放回海中呢？"

可见，不论是大人或小孩，不论在城市或乡村，有许多人因为无知的轻忽制造着无数众生的痛苦以及自己的恶业，大人的习染已深，我执难改，这是无可如何的事。可是，我们应该如何来启发孩子的悲怀，使他们不致因为无知而堕落呢？以现在的情况来看，由于悲怀的失去，我们在乡村的孩子失去了纯朴，日愈鄙俗；城市的孩子则失去同情，日渐奸巧。在茫茫的世界，我们的社会将要走去哪里呢？

"人是大自然的癌细胞，走到哪里，死亡就到哪里。"我心里浮起这样的声音。

原来是要带孩子来看夕阳的，但在太阳还没有下山前，我们就离开淡水了，坐渡轮再返回八里去。在八里码头，不知何时冒出一个小贩，拉住我，要我买他的"孔雀贝"，一斤十元，十一斤一百元。

我看着那些长得像孔雀尾羽的美丽蛤类，不禁感叹："人不吃这些东西，难道就活不下去了吗？"

我牵着孩子，沉重地走过码头小巷，虽无心于夕阳，却感觉夕阳在心头缓缓沉落。

人如果不能无私地、感同身受地知觉到众生的乐，那么无缘大慈、同体大悲只不过是虚空飘过的风，不能落实到生活，不能有益于生命呀！

文明是因智慧而创发，但文化则是建立于人文的悲悯上。菩提道是以空性为究竟，但真理则以众生的平等与尊重起步。

文化小学在真理街上，"文化大国"则在夕阳里，一点一点地失去光芒，在山背间沉落下去！

顽童一脚踏死数百蚂蚁，

我劝他不要。

并非爱惜蚂蚁，

或者想供养蚂蚁，

只恐这一点残忍心扩而充之，

将来会变成侵略者，

用飞机载了重磅炸弹去虐杀无辜的平民。

这世上的众生

都是为了品味更美好的生活而存在的

那美好生活并不是一种追寻

而是品味眼前的事物

即使是小小的便当

也可以有很深的美好经验

第五辑

好雪片片

人间的温暖和钱
是没有关系的

四随

如果没有人与人间的温暖与关爱，
我们根本就没有力量走路

————————

随喜

在通化街入夜以后，常常有一位乞者，从阴暗的街巷中冒出来。

乞者的双腿齐根而断，他用厚厚包着棉布的手掌走路。他双手一撑，身子一顿就腾空而起，然后身体向一尺前的地方扑跌而去，用断腿处点地，挫了一下，双手再往前撑。

他一"走路"几乎是要惊动整条街的。

因为他在手腕的地方绑了一个小铝盆，那铝盆绑的位置太低了，他一"走路"，就打到地面咚咚作响，仿佛是在提醒过路的人，不要忘了把钱放在他的铝盆里面。

　　大部分人听到咚咚的铝盆声，俯身一望，看到时而浮起时而顿挫的身影，都会发出一声惊诧的叹息。但是，也是大部分的人，叹息一声，就抬头仿佛未曾看见什么似的走过去了。只有极少极少的人，怀着一种悲悯的神情，给他很少的布施。

　　人们的冷漠和他的铝盆声一样令人惊诧！不过，如果我们再仔细看看通化夜市，就知道再悲惨的形影，人们也已经见惯了。短短的通化街，就有好几个行动不便、肢体残缺的人在卖奖券，有一位点油灯弹月琴的老人盲妇，一位头大如斗、四肢萎缩瘫在木板上的孩子，一位软脚全身不停打摆的青年，一位口水像河流一般流淌的小女孩，还有好几位神志纷乱、来回穿梭、终夜胡言的人……这些景象，使人们因习惯了苦难而逐渐把慈悲盖在冷漠的一个角落。

　　那无腿的人是通化街里落难的乞者之一，不会引起特别的注意，因此他的铝盆常常是空着的。他为了引起人们的注意，有时故意来回迅速地走动，一浮一顿，一顿一浮……有时候站在街边，听到那急促敲着地面的铝盆声，可以听见他心底那悲切的渴盼。

　　他经常戴着一顶斗笠，灰黑的，有几茎草片翻卷了起来，我们站着往下看，永远看不见他脸上的表情，只能看到那有些破败的斗笠。

　　有一次，我带孩子逛通化夜市，忍不住多放了一些钱在那游动的铝盆里，无腿者停了下来，孩子突然对我说："爸爸，这没有脚的伯伯笑了，在说谢谢！"这时我才发现孩子站着的身高正与无腿的人一般高，想是看见他的表情了。无腿者听见孩子的话，抬起头来看我，我才看清他的脸粗黑，整个被风霜淹渍，厚而僵硬，是长久没有使用过表情的那种，后来，他的眼睛和我的眼睛相遇，我看见了这一直在夜色中被淹没的眼睛，透射出一种温暖的光芒，仿佛在对我说话。

在那一刻，我几乎能体会到他的心情，这种心情使我有着悲痛与温柔交错的酸楚，然后他的铝盆又响了起来，向街的那头响过去，我的胸腔就随他顿挫顿浮的身影而摇晃起来。

我呆立在街边，想着，在某一个层次上，我们都是无脚的人，如果没有人与人间的温暖与关爱，我们根本就没有力量走路，不管在任何时候任何地方，我们见到了令我们同情的人而行布施之时，我们等于在同情自己，同情我们生在这苦痛的人间，同情一切不能离苦的众生。倘若我们的布施使众生得一丝喜悦温暖之情，这布施不论多少就有了动人的质地，因为众生之喜就是我们之喜，所以佛教里把布施、供养称为"随喜"。

这随喜，有一种非凡之美，它不是同情，不是悲悯，而是众生喜而喜，就好像在连绵的阴雨之间让我们看见一道精灿的彩虹升起，不知道阴雨中有彩虹的人就不会有随喜的心情，因为我们知道有彩虹，所以我们布施时应怀着感恩，不应稍有轻慢。

我想起经典上那充满了庄严的维摩诘居士，在一个动人的聚会里，有人供养他一些精美无比的璎珞，他把璎珞分成两份，一份供养难胜如来佛，一份布施给聚会里最卑下的乞者，然后他用一种威仪无匹的声音说："若施主等心施一最下乞人，犹如如来福田之相，无所分别，等于大悲，不求果报，是则名曰具足法施。"

他甚至警策地说，那些在我们身旁一切来乞求的人，都是位不可思议解脱菩萨境界的菩萨来示现的，他们是来考验我们的悲心与菩提心，使我们从世俗的沦落中超拔出来。我们若因乞求而布施来植福德，我们自己也只是个乞求的人；我们若看乞者也是菩萨，布施而怀恩，就更能使我们走出迷失的津渡。

我们布施时应怀着最深的感恩，感恩我们是布施者，而不是乞求的人；感恩那些秽陋残疾的人，使我们警醒，认清这是不完满的世界，我们也只是一个不完满的人。

"一切菩萨海会围绕。而我悉以身口意业，种种方便，殷勤劝请，转妙法轮。如是虚空界尽，众生界尽，众生烦恼尽，我此随喜无有穷尽。"

我想，怀着同情、怀着悲悯，甚至怀着苦痛、怀着鄙夷来注视那些需要关爱的人，那不是随喜；唯有怀着感恩与菩提，使我们清和柔软，才是真随喜。

随业

打开孩子的饼干盒子，在角落的地方看到一只蟑螂。

那蟑螂静静地伏在那里，一动也不动。我看着这只见到人不逃跑的蟑螂而感到惊诧的时候，突然看见蟑螂的前端裂了开来，探出一个纯白色的头与触须，接着，它用力挣扎着把身躯缓缓地蠕动出来，那么专心，那么努力，使我不敢惊动它，静静蹲下来观察它的举动。

怀着同情、怀着悲悯，
甚至怀着苦痛、怀着鄙夷来注视那些需要关爱的人，
那不是随喜；
唯有怀着感恩与菩提，
使我们清和柔软，
才是真随喜。

　　这蟑螂显然是要从它破旧的躯壳中蜕变出来，它找到饼干盒的角落蜕壳，一定认为这是绝对的安全之地，不想被我偶然发现，不知道它的心里有多么心焦。可是再心焦也没有用，它仍然要按照一定的程序，先把头伸出，把脚小心地一只只拔出来，一共花了大约半小时的时间，蟑螂才完全从它的壳里用力走出来，那最后一刻真是美，是石破天惊的，有一种纵跃的姿势。我几乎可以听见它喘息的声音，它也并不立刻逃走，只是用它的触须小心翼翼地探着新的空气、新的环境。

　　新出壳的蟑螂引起我的叹息，它是纯白的，几近于没有一丝杂质，它的身体有白玉一样半透明的精纯的光泽。这日常引起我们厌恨的蟑螂，如果我们把所有对蟑螂既有的观感全部摒除，我们可以说那蟑螂有着非凡的惊人之美，就如同是草地上新蜕出的翠绿色的草蝉一样。

　　当我看到被它脱除的那污迹斑斑的旧壳，我觉得这初初钻出的白色小蟑螂也是干净的，对人没有一丝害处。对于这纯美干净的蟑螂，我们几乎难以下手去伤害它的生命。

　　后来，我养了那蟑螂一小段时间，眼见它从纯白变成灰色，再度成灰黑色，那是转瞬间的事了。随着蟑螂的成长，它慢慢地从安静的探触而成为鬼头鬼脑的样子，不安地在饼干盒里骚爬，一见到人或见到光，它就不安、焦急地想要逃离那个盒子。

　　最后，我把它放走了，放走的那一天，它迅速从桌底穿过，往垃圾桶的方向遁去了。

　　接下来好几天，我每次看到德国种的小蟑螂，总是禁不住地想：
到底这里面，哪一只是我曾看过它美丽的面目，被我养过的那只纯
白的蟑螂呢？我无法分辨，也不需去分辨，因为在满地乱爬的蟑螂
里，它们的长相都一样，它们的习气都一样，它们的命运也是非常类
似的。

　　它们总是生活在阴暗的角落，害怕光明的照耀，它们或在阴沟，
或在垃圾堆里度过它们平凡而肮脏的一生，假如它们跑到人的家里，
等待它们的是克蟑、毒药、杀虫剂，还有用它们的性外激素来诱捕它
们的蟑螂屋，以及随时踩下的巨脚，擎空打击的拖鞋，使它们在一击
之下尸骨无存。

　　这样想来，生为蟑螂是非常可悲而值得同情的，它们是真正的
"流浪生死，随业浮沉"。这每一只蟑螂是从哪里来投生的呢？它们
短暂的生死之后，又到哪里去流浪呢？它们随业力的流转到什么时候
才会终结呢？为什么没有一只蟑螂能维持它初生时纯白、干净的美
丽呢？

　　这无非都是业。

　　无非是一个不可知的背负。

　　我们拼命保护那些濒临绝种的美丽动物，那些动物还是绝种
了。我们拼命创造各种方法来消灭蟑螂，蟑螂却从来没有减少，反而
增加。

　　这也是业，美丽的消失是业，丑陋的增加是业，我们如何才能从
业里超拔出来呢？从蟑螂，我们也看出了某种人生。

随顺

在和平西路与重庆南路交叉口的地方，每天都有卖玉兰花的人，不只在天气晴和的日子，他们出来卖玉兰花；有时是大风雨的日子，他们也来卖玉兰花。

卖玉兰花的人里，有两位中年妇女，一胖一瘦；有一位消瘦肤黑的男子，怀中抱着幼儿；有两个小小的女孩，一个十岁，一个八岁；偶尔，会有一位背有点弯的老先生和一位白发苍苍的老妇，也加入贩卖的阵容。

如果在一起卖的人多，他们就和谐地沿着新生南路步行扩散，所以有时候沿着和平东西路走，会发现在新生南路口、重庆南路口等路口都是几张熟悉的脸孔。

卖花的不管是老人还是孩子，他们都非常和气，端着用湿布盖好以免玉兰花枯萎的木盘子从面前走过，开车的人一摇手，他们绝不会有任何的嗔怒之意；如果把车窗摇下，他们会赶忙站到窗口，送进一缕香气来。在绿灯亮起的时候，他们就站在分界的安全岛上，耐心等候下一个红灯。

我自己就是大学教授、交通专家所诅咒的那些姑息着买玉兰花的人，不管是在什么样的路口，遇到任何卖玉兰花的人，我总是忘了交通安全的教训，买几串玉兰花；买到后来，竟认识了重庆南路口几位卖玉兰花的人。

买玉兰花时，我不是在买那些清新怡人的花香，而是买那生活里辛酸苦痛的气息。

每回看到卖花的人，站在烈日下默默拭汗，我就忆起我的童年时代为了几毛钱在烈日下卖枝仔冰，在冷风里卖枣子糖的过去，在心里，我可以贴近他们心中的渴盼，虽然他们只是微笑着挨近车窗，但在心底，是多么希望，有人摇下车窗，买一串玉兰花。这关系着人间温情的一串花才卖十元，是多么便宜，但便宜的东西并不一定廉价，在冷气车里坐着的人，能不能理解呢？

几个卖花的人告诉我，最常向他们买花的是计程车司机，大概是计程车司机最能理解辛劳奔波的生活是什么滋味，他们对街中卖花者遂有了最深刻的同情；其次是开小车子的人。最难卖的对象是开着豪华进口车，车窗是黑色的人，他们高贵的脸一看到玉兰花贩走近，就冷漠地别过头去。

有时候，人间的温暖和钱是没有关系的，我们在烈日焚烧的街头动了不忍之念，多花十元买一串花，有时在意义上胜过富者为了表演慈悲、微笑照相登上报纸的百万捐输。

不忍？

是的，我买玉兰花时就是不忍看人站在大太阳下讨生活，他们为了激起人的不忍，有时把婴儿也背了出来，有人批评他们把孩子背到街上讨取人的同情是不对的。可是我这样想，当妈妈出来卖玉兰花时，孩子要交给保姆或用人吗？当我们为烈日曝晒而心疼那个孩子，难道他的母亲不痛心吗？

遇到有孩子的，我们多买一串玉兰花吧！不要问什么理由。

　　我是这样深信：站在街头的这群沉默卖花的人，他们如果有更好的事做，是绝对不会到街上来卖花的。

　　设身处地地为苦恼的人着想，平等地对待他们，这就是"随顺"，我们顺着人的苦难来满他们的愿，用更大的慈悲和心情让他们不要在窗口空手离去，那不是说我们微薄的钱真能带给卖花的人什么利益，而是说我们因有这慈爱的随顺，使我们的心更澄澈、更柔软，洗涤了我们的污秽。

　　"一切众生而为树根，诸佛菩萨而为华果，以大悲水浇益众生，则能成就诸佛菩萨智慧华果。"

　　我买玉兰花的时候，感觉上，是买一瓣心香。

随缘

　　有一位朋友，她养了一条土狗，狗的左后脚因被车子辗过，成了瘸子。朋友是在街边看到这条小狗的，那时小狗又脏又臭，在垃圾堆里捡拾食物，朋友是个慈悲的人，就把它捡了回来，按照北方习俗，名字越俗贱的孩子越容易养，朋友就把那条小狗正式命名为"小瘸子"。

　　小瘸子原是人见人恶的街狗，到朋友家以后就显露出它如金玉的一些美质。它原来是一条温柔、听话、干净、善解人意的小狗，只是因为生活在垃圾堆，它的美丽一直未被发现吧。它的外表除了有一点土，其实也是不错的，它的瘸到后来反而是惹人喜爱的一个特点，因为它不像平凡的狗乱纵乱跳，倒像一个温驯的孩子，总是优雅地跟随它美丽的女主人散步。

朋友对待小瘸子也像对待孩子一般，爱护有加。由于她对一条瘸狗的疼爱，在街间中的孩子都唤她：小瘸子的妈妈。

小瘸子的妈妈爱狗，不仅孩子知道，连狗们也知道，她有时在外面散步，巷子里的狗都跑来跟随她，并且用力地摇尾巴，到后来竟成为一种极为特殊的景观。

小瘸子慢慢长大，成为人见人爱的狗，天天都有孩子专程跑来带它去玩，天黑的时候再带回来，由于爱心，小瘸子竟成为巷子里最得宠的狗，任何名种狗都不能和它相比。也因为它的得宠，有人以为它身价不凡，一天夜里，小瘸子狗被抱走了，朋友和她的小女儿伤心得就像失去一个孩子。巷子里的孩子也惘然失去最好的玩伴。

两年以后，朋友在永和一家小面摊子上认出了小瘸子，它又回复在垃圾堆的日子，守候在桌旁捡拾人们吃剩的肉骨。

小瘸子立即认出它的旧主人，人狗相见，忍不住相对落泪，那小瘸子流下的眼泪竟滴到地上。

朋友又把小瘸子带回家，整条巷子因为小瘸子的回家而充满了喜庆的气息，这两年间小瘸子的遭遇是不问可知的，一定受过不少折磨，但它回家后又恢复了往日的神采。过不久，小瘸子生了一窝小狗，生下的那天就全被预约，被巷子里甚至远道来的孩子所领养。

做过母亲的小瘸子比以前更乖巧而安静了，有一次我和朋友去买花，它静静跟在后面，不肯回家，朋友对它说了许多哄小孩一样的话，它才脉脉含情地转身离去。从那一次以后，我再也没有看过小瘸子了。它是被偷走了呢？还是自己离家而去？或是被捕狗队的人所逮捕？没有人知道。

朋友当然非常伤心，却不知道在什么时间什么地点可以再与小瘸子会面。朋友与小瘸子的缘分是怎么来的呢？是随着前世的因缘，或是开始在今生的会面？

一切都未可知。

但我的朋友坚信有一天能与小瘸子再度相逢，她美丽的眼睛望着远方说："人家都说随缘，我相信缘是随愿而生的，有愿就会有缘，没有愿望，就是有缘的人也会错身而过。"

好雪片片

有一些友谊，装在小红套，
装在眼睛里，装在不可测的心之角落

————————

在信义路上，常常会看到一位流浪的老人，即使热到三十八摄氏度的盛夏，他也穿一件很厚的中山装，中山装里还有一件毛衣。那么厚的衣服使他肥胖笨重有如水桶。平常他就蹲坐在街角歪着脖子，看来往的行人，也不说话，只是轻轻地摇动手里的奖券。

很少的时候，他会站起来走动。当他站起，才发现他的椅子绑在皮带上，走的时候，椅子摇过来，又摇过去。他脚上穿着一双老式的大皮鞋，摇摇晃晃像陆上的河马。

如果是中午过后，他就走到卖自助餐摊子的前面，买一些东西来吃，摊贩看到他，通常会盛一盒便当送给他。他就把吊在臀部的椅子对准臀部，然后坐下去。吃完饭，他就地睡午觉，仍是歪着脖子，嘴巴微张。

到夜晚，他会找一块干净挡风的走廊睡觉，把椅子解下来当枕头，和衣，甜甜地睡去了。

我观察老流浪汉很久了，他全部的家当都带在身上，几乎终日不说一句话。从他的相貌看，应该是北方人，流落到这南方热带的街头，连最燠热的夏天都穿着家乡的厚衣。

对于街头的这位老人，大部分人都会投以厌恶或疑惑的眼光，小部分人则投以同情。

我每次经过那里，总会向老人买两张奖券，虽然我知道即使每天买两张奖券，对他也不能有什么帮助，但买奖券使我感到心安，并使同情找到站立的地方。

记得第一次向他买奖券的那一幕：他的手、他的奖券、他的衣服同样的油腻污秽；他缓缓地把奖券撕下，然后在衣袋中摸索着，摸索半天掏出一个小小的红色塑胶套。这套子竟是崭新的，美艳得无法和他相配。

老人小心地把奖券装进红色塑胶套，由于手的笨拙，这个简单的动作也十分艰难。

"不用装套子了。"我说。

"不行的，讨个喜气，祝你中奖！"老人终于笑了，露出缺几颗牙的嘴，说出充满乡音的话。

他终于装好了，慎重地把红套子交给我，红套子上写着八个字：一券在手，希望无穷。

后来我才知道，不管是谁买奖券，他总会努力地把奖券装进红套子里。慢慢我理解了，小红套原来是老人对买他奖券的人一种感激的表达。每次，我总是沉默着耐心等待，看他把心情装进红套子，温暖四处流动着。

和老人逐渐认识后，有一年冬天黄昏，我向他买奖券，他还没有拿奖券给我，先看见我穿了单衣，最上面的两个扣子没有扣。老人说："你这样会冷吧！"然后，他把奖券夹在腋下，伸出那双油污的手，要来帮我扣扣子，我迟疑一下，但没有退避。

老人花了很大的力气，才把我的扣子扣好，那时我真正感觉到人不管外表是怎么样的污秽，明净的善意都会从心的深处涌出。在老人为我扣扣子的那一刻，我想起了自己的父亲，鼻子因而酸了。

老人依然是街头的流浪汉，把全部的家当带在身上，我依然是我，向他买着无关紧要的奖券。但在我们之间，有一些友谊，装在小红套，装在眼睛里，装在不可测的心之角落。

我向老人买过很多很多奖券，多未中奖，但每次接过小红套时，我觉得那一刻已经中奖了，真的是"一券在手，希望无穷"。我的希望不是奖券，而是人的好本质，不会被任何境况所淹没。我想到伟大的禅师庞蕴说的："好雪片片，不落别处！"我们生活中的好雪、明净之雪也是如此，在某时某地，美丽地落下，落下的雪花不见了，但灌溉了我们的心田。

阅读故乡的一百个方法

对于故乡，那是不可取代的

———————————

　　故乡旗山一些热衷文化的朋友告诉我，他们正想尽各种办法要寻找有关故乡的老照片，将来在旗山小学的礼堂办一次大展览，并且最好可以出版成书，让镇民们都能看到百年来自己故乡的发展。

　　这个构想是由旗山地方报《蕉城月刊》主编江明树和"蕉城画会"的林峰吉、林慧卿提出的，动机有几个：

　　一是乡村长久以来人口流失严重，年轻人都向往着到都市讨生活，不知道自己的故乡其实是很美的。以旗山来说，至少可以找到一百个以上美不胜收的地方。

　　二是文化历史的保存。旗山地区从清朝以来就很繁荣，留下了许多古迹，这些古迹在时代的改变中纷纷被拆除，我们应该把尚存的记录下来，把已毁坏的原貌展现给大家知道。

　　在闲聊中，我就提出一个建议，何不征求一百张老照片，然后在老照片的同一个地方、同一个角度，拍一张现在的彩色照片，加一些说明，这样可以加强它的社会性和经济性，看清楚一个小镇是如何变迁的。

　　心直口快的江明树就说："那么，书名可以叫作《日落旗山镇》或《没落的旗山镇》了。"明树兄是非常热情的人，他时常为小镇的人才没落、文化凋零而感到郁卒。

　　林峰吉插嘴说："那不行，咱凭良心讲，在某方面来说，旗山还是很不错的，并不一定只有旧的东西才好。像从前妈祖庙口都是摊贩和违章建筑，现在都拆干净了，多么棒。现在还是有比以前清爽的所在。"峰吉兄是"蕉城画会"的健将，美术系毕业，他多年来的志向就是要用笔表现旗山的美。他笔下的故乡旗山优美无比，看了往往令人震动不已。

　　"峰吉兄这样讲也有理，"林慧卿说，"我们除了怀旧，也要展望，让大家知道我们旗山也是很有发展的。最好是旧照片美，新照片也美。"慧卿兄是我初中的同学，他也是立志要画旗山的画家，不过，他的画风没有像峰吉那么甜美，而是非常纠结苦闷，与他本人的温文尔雅形成很强的对比。我在看他的画时，总感觉他在内心深处有一块不为人知的、敏感而忧郁的角落。

　　"你的意见怎么样？"他们问我。

　　我想，对于故乡，那是不可取代的，我们做这件事，一定要自己真正出自爱故乡，并且希望大家也都来爱自己的故乡。爱故乡是没有问题的，但是很多人不知道故乡美在何处，或只知道三五处。如果能找出一百处，那真的是太棒了。

我说："这本书应该叫作《阅读故乡的一百个方法》，或叫作《阅读旗山的一百个方法》，我们把一百个旗山最美的场景找出来，分头去找老照片，然后找旗山土生土长的摄影家从老照片的角度去拍一张，这样就会做出一本很有趣的书了。"

大家听了都很开心，表示同意，要立即着手去进行。这时，欧雪贞小姐来了，欧小姐是我旗山小学的学妹，现在定居在美国乡间，回来过暑假，听说大家有"大事商议"，特地来参加。

我们把刚刚的谈话转述了一次，请她表达一点意见。她说："如果比清洁、卫生、美丽、芳草鲜美，我们旗山是比不上美国的乡间小镇的，但是每年一到放假，我就急着要回来，因为感情是不可取代的，并且每次回来，就看到故乡一些美好的事物，是以前所看不到的。"

故乡的美应该是可确定的，老辈的人常说"落叶归根"，那不是说回故乡度晚年等死的意思，而是莫忘本，每一片落叶都不忘记自己的本来之处。落叶犹且如此，树上的新芽当然更不应该忘了。

主意既定，去何处找老照片呢？大家七嘴八舌地想到，小学、中学、镇公所、地政事务所、糖厂、杉林管理处、邮局等，相信这些地方的资料室一定有许多老照片。明树兄还表示要做地毯式的搜索，挨家挨户请大家提供老照片出来；等老照片完整，要拍新的照片就容易了。

这时已经是半夜一点了，大哥的女儿和我的儿子相约出来找我回去，尚未回家，大哥的车子被我开走了，他只好步行小跑前来，才会满头大汗，他着急地说："有没有看到士琦和亮言？"

这下轮到我着急了，立刻把《阅读故乡的一百个方法》抛在脑后，和大哥开车满街找孩子，找到一点半才颓然而返，这时乡间显得分外的宁静和清冷。

回家告诉妈妈孩子走失了。

妈妈虽然心焦，依然老神在在，说："他们都知道路，小孩子腿慢，再等一下就会回来了。"

果然，没过多久就听见敲门声，两个小朋友欢天喜地地回来了，说是乡间半夜的萤火虫好美，满田满树的。幸好有月光照着小路，他们才可以沿着月光走回家。那铁路旁高大的杧果树是黑夜的地标，使他们知道家的方向。

此时凌晨两点，我和哥哥都松了一口气，不过还是装模作样地叫两个孩子去罚跪，半夜十二点还跑出去，是太无规矩了。

没多久，又听见他们的笑声，原来是被祖母解救了，怪不得儿子常说："阿妈是我们的救命恩人。"

我坐在书桌前想把《阅读故乡的一百个方法》企划写出来，现在可以说有一百零一个方法了，就是在乡下，孩子走失了，不会像城市那么担心。

故乡的美应该是可确定的，
老辈的人常说"落叶归根"，
那不是说回故乡度晚年等死的意思，
而是莫忘本，
每一片落叶都不忘记自己的本来之处。

血的桑葚

世人看见桑树时，
知道人间有一些爱的心灵不死

─────────

　　在遥远的梦一般的巴比伦城，隔着一道墙住着匹勒姆斯和西丝比，匹勒姆斯是全城最英俊的少年，西丝比则是全城最美丽的少女。

　　隔着古希腊那高大而坚固的石墙，他们一起长大，并且只是对望一眼就互相深深牵动对方的心，他们的爱在墙的两边燃烧。可惜，他们的爱却遭到双方父母的反对，使他们站在墙边的时候都感到心碎。

　　但热恋中的男女总是有方法传递他们的讯息，匹勒姆斯与西丝比共同在那道隔开两家的墙上找到一丝裂缝，那条裂缝小到从来没有被人发现，甚至伸不进一根小指头。

　　可是对匹勒姆斯与西丝比已经足够让他们倾诉深切的爱，并传达流动着深情的眼神。他们每天在裂缝边谈心，一直到黄昏日落，一直到夜晚来临不得不分开的时候，才互相紧贴着墙，仿佛互相热烈地拥抱，并投以无法触及对方嘴唇的深吻。

每一个清晨，微曦刚刚驱走了天上的星星，露珠还沾在园中的草尖，匹勒姆斯与西丝比就偷偷来到裂缝旁边，倚着那一道隔阻他们的厚墙，低声吐露难以压抑的爱意，并痛苦地为悲惨的命运痛哭。

有时候，他们互视着含泪的眼睛，一句话也说不出来。这样过了一段时间以后，他们终于决定逃离命运的安排，希望能逃到一个让他们自由相爱的地方。于是，他们相约当天晚上离家出走，偷偷出城，逃到城外树林墓地里一株长满雪白浆果的桑树下相会。

他们终于等到了夜晚，西丝比在夜色的掩护下逃出家里的庄园，她独自向郊外的树林走去。她虽然是从未在夜晚离家的千金小姐，但在黑路里走着一点也不害怕，那是由于爱情的力量，她渴望着和匹勒姆斯相会，她完全忘记了恐惧。

很快，西丝比就来到了墓地，站在长满雪白色浆果的桑树下，这一棵高大的桑树在夜色中是多么柔美，微风一吹，每一片树叶都仿佛是歌唱着一般。而月光里的桑葚果格外洁白，如同天空中照耀的星星。西丝比看着桑果，温柔而充满信心地等待匹勒姆斯，因为就在那一天的清晨，他们曾在墙隙中相互起誓，不管多么困难，都要在桑树下相会，若不相见，至死不散。

正当西丝比沉醉在爱情的幻想里，她看到从很远的地方走来一只狮子，那只狮子显然刚刚狙杀了一只动物，下巴还挂着正在滴落的鲜血，它似乎要到不远处去饮泉水解渴。看到狮子，西丝比惊惶地逃走了，她走得太仓促，遗落了披在身上的斗篷。

喝完泉水的狮子要回去时路过桑树，看到落在地上犹温的斗篷，把它撕成粉碎，才大摇大摆地走入深林。

狮子走了才几分钟，匹勒姆斯来到桑树下，正为见不到西丝比而着急，转头却看见落了满地的斗篷碎片，上面还沾了斑斑血迹，地上还留着狮子清晰的脚印。他忍不住痛哭起来，因为他意识到西丝比已被凶猛的野兽所噬。他转而痛恨自己，因为他没有先她抵达，才使她丧失了性命，他依在桑树干上流泪，并且责备自己："是我杀了你！是我杀了你！"他从地上拾起斗篷碎片，深情地吻着。他抬起头来望向满树的雪白浆果说："你将染上我的鲜血。"于是，他拔出剑来刺向自己的心窝，鲜血向上喷射，顿时把所有的浆果都染成血一样鲜红的颜色。

匹勒姆斯缓缓地倒在地上，脸上还挂着悔恨的泪珠，死去了。

逃到了远处的西丝比，她固然害怕狮子，却更怕失去爱人，就大着胆子冒险回到桑树下，站在树下时，她非常奇怪那些如星星洁白闪耀的果子不见了，她惊疑地四下搜寻，发现地上有一堆黑影，定神一看，才知道是匹勒姆斯躺在血泊里，她扑上去搂抱他，亲吻他冰冷的嘴唇，声嘶力竭地说："醒来呀！亲爱的！是我呀，你的西丝比，你最亲爱的西丝比。"已经死去的匹勒姆斯的眼睛突然张开，望了她一眼，眼中流泪、出血，又合了起来，这一次，死神完完全全把他带走了。

西丝比看见他手中滑落的剑，以及另一只手握着沾满血迹的斗篷碎片，心里就明白了发生的事。

她流着泪说："是你对我的挚爱杀了你，我也有为你而死的挚爱，在这个世界上，即使死神也没有力量把我们分开。"于是，她用那把还沾着爱人血迹的剑，刺进自己的心窝，鲜血喷射到已经被染红的桑葚，桑果更鲜红了，红得犹如要滴出血来。

从那个时候开始，全世界的桑葚全部变成红色，仿佛是在纪念匹勒姆斯与西丝比的爱情，也成为真心相爱的人永恒的标志。

这是一个多么动人的爱情故事，原典出自希腊神话，我做了一些改写。

匹勒姆斯与西丝比的故事，可以说是"希腊悲剧"的原型，后来西方的许多悲剧，例如罗密欧与朱丽叶、维特与夏绿蒂等，都是从这个原型发展出来的。虽然有无数的文学家用想象力与优美的文采，丰富了许多爱情故事，但这原型的故事并未失去其动人的力量。

我在十八岁时第一次读"匹勒姆斯与西丝比"就深受感动，当时在乡下，我家的后院里就有两棵高大的桑树正结出红得像血一样的浆果，从窗子望出去，就浮现出匹勒姆斯和西丝比倒地的一幕。血，有如满天的雨，洒在桑葚上，格外给人一种苍凉的感觉。

我们当然知道，染血的桑葚无非是古希腊文学家的幻想，可是桑葚也真的像血一样。桑葚可能是世界上最脆弱的水果，采的时候一定要小心翼翼，否则立即"破皮流血"。它几乎也很难带去市场出售，因为只要很短的时间，它的"血浆"就会自动流出。

桑葚是非常甜的水果，熟透的桑葚是接近紫色的，甜得像蜜一样。但我们通常难得等到它成为紫色，总是鲜红的时候就摘下来，洗净，拌一点糖，吃起来甜中微带着流动的酸味，那滋味应该像是匹勒姆斯和西丝比隔着围墙相望一般。

年幼的时候吃桑葚，并没有特别的印象，自从读了这则神话，桑葚的生命就活了起来，红色的桑葚因此充满了爱与美、酸楚与苦痛的联想；那见证了爱之心灵不朽的桑葚，也给了我们对永恒之爱的向往。

可叹的是，爱的真实里，悲剧的原型仍然是最普遍的。在这样的悲剧里，巴比伦城郊外的那棵桑树，除了见证了爱的不朽，还见证了什么呢？

可以说它是看到了因缘的无常。所有的爱情悲剧都是因缘的变迁和错失所造成的，它也没有一定的面目。在围墙的缝隙中，爱的心灵也可以茁壮长大，至于是不是结果，就要看在广大的桑树下有没有相会的因缘了。

一对情侣能不能在一起，往往要经过长久的考验，那考验有如一头凶猛的犹带着血迹的狮子，它不一定能伤害到爱情的本质，却往往使爱情走了岔路。

西丝比到桑树下几分钟，狮子来了；狮子走了几分钟，匹勒姆斯来了；匹勒姆斯倒下几分钟，西丝比来了……这正是爱情因缘的"错谬性"。看到一步一步推进悲剧的深渊，即使是桑树也会为之泣血。

像匹勒姆斯与西丝比那样惨烈的经验可能是少见的，不过，一般人到了中年，如果回想自己遭遇的爱情悲剧，就有如发生在桑树下那神话一样的错谬，往往只要几分钟的时间，可能一个人的生命的历史就要重写。也许有人觉得不然，但一个人的被见离、被遗弃，往往是一念之间的事，比几分钟快得多，有一些悲剧的发生真是急如闪电的。

一位朋友向我描述一对恋人逃难的情况，男的最后一瞬间挤到火车顶上，正伸手要把女的拉上来，火车开了，两人牵着的手硬生生被拉开，男的没有勇气跳下去，女的也上不来，车上车下掩面痛哭。我的朋友当年看到这样的场面，忍不住落泪。

这要怪谁呢？怪男的也不是，怪女的也不是。怪火车吗？谁叫他们不早一分钟到呢？怪时代吗？在最混乱的时代也有人团圆，在最安静的时代也有人仳离呀！要怪，只能怪无常，怪因缘。其实，千辛万苦热恋结合的伴侣，终生幸福的，又有几人能够呢？

如此说来，匹勒姆斯与西丝比当时的殉情倒还是幸福的，因为他们证明了不在错谬下屈服，要为爱情抗争到底，连死神都不能使他们分开，他们死时至少是心甘情愿的，充满了爱的。人死了，爱情不死，总比爱情死了，人还活着更有动人的质地。

在这个动人的传奇里，最使我震撼的不是匹勒姆斯或西丝比，而是那棵桑树，桑虽无情，却有永恒的怀抱，要让世人看见桑树时，知道人间有一些爱的心灵不死。

几天前，有人送我一盒桑葚，带着血色的，在夕阳下吃的时候，又使我想起在遥远的巴比伦城郊外，那一棵雪白浆果的桑树——"你将染满我的鲜血"，空中有一个声音这样说。

从此，世界上的桑树浆果全从白色变成红色，成为真心相爱的人永恒的标志。

一对情侣能不能在一起，
往往要经过长久的考验，
那考验有如一头凶猛的犹带着血迹的狮子，
它不一定能伤害到爱情的本质，
却往往使爱情走了岔路。

卡其布制服

类似"跑债"的行为，
也只反映了人情的可爱

—————————

　　过年的记忆，对一般人来说当然都是好的，可是当一个人无法过一个好年的时候，过年往往比平常带来更深的寂寞与悲愁。

　　有一年过年，当我听母亲说那一年不能给我们买新衣、新鞋时，我忍不住跑到院子里靠在墙砖上哭了出声。

　　那一年我十岁，本来期待着过年买一套新衣已经期待了几个月了。在那个年代，小孩子几乎是没有机会穿新衣的，我们所有的衣服、鞋子都是捡哥哥留下的，唯一的例外是过年，只有过年时可以买新衣服。

　　其实新衣服也不见得是漂亮的衣服，只是买一件当时最流行的特多龙布料制服罢了。但即使这样，有新衣服穿是可以让人兴奋好久的，我到现在都可以记得当时穿新衣服那种颤抖的心情，而新衣服特有的棉香气息，到现在还依稀留存。

在乡下，过年给孩子买一套新制服竟成为一种时尚，过年那几天，满街跑着的都是特多龙的卡其制服，如果没有买那么一件，真是自惭形秽了。差不多每一个孩子在过年没有买新衣，都要躲起来哭一阵子，我也不例外。

那一次我哭得非常伤心，后来母亲跑来安慰我，说明不能给我们买新衣的原因。因为那一年年景不好，收成抵不上开支，使我们连杂货店里日常用品的欠债都无法结清，当然不能买新衣了。

我们家是大家庭，一家子有三十几口，那一年尚未成年的兄弟姊妹就有十八个，一个一件新衣，就是最廉价的，也是一大笔开销。

那一年，我们连年夜饭都没吃，因为成年的男人都跑到外面去躲债了，一下子是杂货店，一下子是米行，一下子是酱油店跑来收账，简直一点解决的办法也没有。那些人都是殷实的小商人，我们家也是勤俭的农户，但因为年景不好，却在除夕那天相对无言。

当时在乡下，由于家家户户都熟识，大部分的商店都可以赊欠的，每半年才结算一次，因此过年前几天，大家都忙着收账，我们家人口众多，每一笔算起来都是不小的数目，尤其在没有钱的时候，听来心惊。

有一个杂货店的老板说："我也知道你们今年收成不好，可是欠债也不能不催，我不催你们，又怎么去催别人呢？"

除夕夜，大人到半夜才回家来，他们已经到山上去躲了几天，每个人都是满脸风霜，沉默不言，气氛非常僵硬。依照习俗，过年时的欠债只能催讨到夜里子时，过了子时就不能讨债了，一直到初五"隔开"时，才能再上门要债。爸爸回来的时候，我们总算松了口气，那时就觉得，没有新衣服穿也不是什么要紧事，只要全家人能团聚就好了。

第二天，爸爸还带着我们几个比较小的孩子到债主家拜年，每一个人都和和气气的，仿佛没有欠债那一回事，临走时，他们总是说："过完年再来交关吧！"对于中国人的人情礼义，我是那一年才有一些懂了，在农村社会，信用与人情都是非常重要的，有时候不能尽到人情，但由于过去的信用，使人情也并未被破坏。当然，类似"跑债"的行为，也只反映了人情的可爱，因为在双方的心里，其实都是知道一笔债是不可能跑掉的。土地在那里，亲人在那里，乡情在那里，都是跑不掉的。

生活在都市里的、冷漠的现代人，几乎难以想象三十年前乡下的人情与信用，更不用说对过年种种的知悉了。

对农村社会的人来说，过年的心比过年的形式重要得多。记得我小时候，爸爸在大年初一早上到寺庙去行香，然后去向亲友拜年，下午他就换了衣服，到田里去巡田水，并看看作物生长的情况；大年初二也是一样，就是再松懈也会到田里走一两回，那也不尽然是习惯，而是一种责任，因为，如果由于过年的放纵使作物败坏，责任要如何来担呢？所以心在过年，行为并没有真正地休息。

那一年过年，初一下午我就随爸爸到田里去，看看稻子生长的情形，走累了，爸爸坐下来把我抱在他的膝上，说："我们一起向上天许愿，希望今年风调雨顺、国泰民安，大家都有好收成。"我便闭起眼睛，专注地祈求上天，保佑我们那一片青翠的田地。许完愿，爸爸和我都流出了眼泪。我第一次感觉到人与天地有着浓厚的关系，并且在许愿时，我感觉到愿望仿佛可以达成。

开春以后，家人都很努力工作，很快就把积欠的债务，在春天第一次收成里还清。

那一年的年景到现在仍然非常清晰，当时礼拜菩萨时点燃的香，到现在都还在流荡。我在那时初次认识到年景的无常，人有时甚至不能安稳地过一个年，而我也认识到，只要在坏的情况下，还维持人情与信用，并且不失去伟大的愿望，那么再坏的年景也不可怕。

如果不认识人的真实，没有坚持的愿望，就是天天过年，天天穿新衣，又有什么意思呢？

白雪少年

如白雪一样无瑕的少年岁月，
几乎所有的事物都可以涵容

————————

　　我上小学时使用的一本普通话字典，被母亲细心地保存了十几年，最近才从母亲的红木书柜里找到。那本字典被小时候粗心的手指扯掉了许多页，大概是拿去折纸船或飞机了，现在怎么回想都记不起来，由于有那样的残缺，更使我感觉到一种任性的温暖。

　　更惊奇的发现是，在翻阅这本字典时，找到一张已经变了颜色的"白雪公主泡泡糖"的包装纸，那是一张长条的鲜黄色纸，上面用细线印了一个白雪公主的面相，于今看起来，公主的图样已经有一点粗糙简陋了。至于如何会将白雪公主泡泡糖的包装纸夹在字典里，更是无从回忆。

　　到底是在上普通话课时偷偷吃泡泡糖夹进去的？是夜晚在家里温

书吃泡泡糖夹进去的？还是有意保存了这张包装纸呢？翻遍普通话字典也找不到答案。记忆仿佛自时空遁去，渺无痕迹了。

唯一记得的倒是那一种旧时乡间十分流行的泡泡糖，是粉红色长方形十分粗大的一块，一块五毛钱。对于长在乡间的小孩子，那时的五毛钱非常昂贵，是两天的零用钱，常常要咬紧牙根才买来一块，一嚼就是一整天，吃饭的时候把它吐在玻璃纸上包起，等吃过饭再放到口里嚼。

父亲看到我们那么不舍得一块泡泡糖，常生气地说："那泡泡糖是用脚踏车坏掉的轮胎做成的，还嚼得那么带劲！"记得我还傻气地问过父亲："是用脚踏车轮做的？怪不得那么贵！"惹得全家人笑得喷饭。

说是白雪公主泡泡糖，应该是可以吹出很大气泡的，却不尽然。吃那泡泡糖多少靠运气，记得能吹出气泡的大概五块里才有一块，许多是硬到吹弹不动，更多的是嚼起来不能结成固体，弄得一嘴糖沫，赶紧吐掉，坐着伤心半天。我手里的这一张可能是一块能吹出大气泡的包装纸，否则怎么会小心翼翼地来做纪念呢？我小时候并不是很乖巧的那种孩子，常常为着要不到两毛钱的零用就赖在地上打滚，然后一边打滚一边偷看母亲的脸色，直到母亲被我搞烦了，拿到零用钱，我才欢天喜地地跑到街上去，或者就这样跑去买了一个白雪公主泡泡糖，然后就嚼到天黑。

长大以后，再也没有在店里看过白雪公主泡泡糖，都是细致而包装精美的一片一片的"口香糖"；每一片都能嚼成形，每一片都能吹出气泡，反而没有像幼年一样能体会到买泡泡糖靠运气的心情。偶尔看到口香糖，还会想起童年，想起嚼"白雪公主"的滋味，但也总是一闪即逝，了无踪迹。直到看到普通话字典中的包装纸，才坐下来顶认真地想起白雪公主泡泡糖的种种。

如果现在还有那样的工厂，恐怕不再是用脚踏车轮制造，可能是用飞机轮子了——我这样游戏地想着。

那一本母亲珍藏十几年的普通话字典，薄薄的一本，里面缺页的缺页、涂抹的涂抹，对我已经毫无用处，只剩下纪念的价值。那一张泡泡糖的包装纸，整整齐齐，毫无毁损，却宝藏了一段十分快乐的记忆；使我想起真如白雪一样无瑕的少年岁月，因为它那样白，那样纯净，几乎所有的事物都可以涵容。

那些岁月虽在我们的流年中消逝，但借着非常微小的事物，往往一勾就是一大片，仿佛是草原里的小红花，先是看到了那朵红花，然后发现了一整片大草原。红花可能凋落，草原却成为一个大的背景，我们就在那背景里成长起来。

那朵红花不只是白雪公主泡泡糖，可能是深夜里巷底按摩人的幽长的笛声，可能是收破铜烂铁老人沙哑的叫声，也可能是夏天里卖冰淇淋小贩的喇叭声……有一回我重读小学时看过的《少年维特的烦恼》，书里就曾夹着用歪扭字体写成的纸片，只有七个字："多么可怜的维特！"其实当时我哪里知道歌德，只是那七个字，让我童年伏案的身影整个显露出来，那身影可能和维特是一样纯情的。

有时候我不免后悔童年留下的资料太少，常想："早知道，我不会把所有的笔记簿都卖给收破烂的老人。"可是如果早知道，我就不是纯净如白雪的少年，而是一个多虑的少年了。那么丰富的资料原也不宜留录下来，只宜在记忆里沉潜，在雪泥中找到鸿爪，或者从鸿爪体会那一片雪。这样想时，我就特别感恩着母亲。因为在我无知的岁月里，她比我更珍视我所拥有过的童年，在她的照相簿里，甚至还有我穿开裆裤的照片。那时的我，只有父母有记忆，对我是完全茫然了，就像我虽拥有白雪公主泡泡糖的包装纸，那块糖已完全消失，只留下一点甜意——那甜意竟也有赖母亲爱的保存。

悬崖边的树

好老师正如同悬崖边的树，
能挡住那些失足坠落的学生

————————

我读初中的时候，由于对课外书及美术的热爱，我的初中生活一直过得迷迷糊糊，好像一转眼就升上初三了。

就在初三刚开始不久，父亲把我叫去，说："像你这样的成绩，我的脸都被你丢尽了，我看你初中毕业不要去高雄参加联考了，你去台南考。"

我当场怔在那里，因为在我居住的乡镇，所有的孩子都是参加高雄联考，去台南考试，无异就是放逐，连在乡镇里的旗美高中也不能考了。

不知道哪里来的勇气，我自己一个人跑到台南去考高中，放榜的时候发现考上一个从未听说过的高中——私立瀛海高中。

瀛海高中刚成立不久，是超迷你的学校，每一年级只有三个班，整个高中加起来只有三百多人。学校在盐分地带，几乎可以用"寸草不生"来形容，土地因为盐分过高，一片灰白色。学校独立于郊野，四面都是蔗田和稻田。

记得注册时是爸爸陪我去的，他看到那么简陋的校舍和荒凉的景色，大吃一惊，非常讶异地问我："你怎么会考上这种学校？"

由于学生很少，大部分的学生都住校，我也开始了离家的生活。

住在学校认识了许多死党，加上无人管教，我的心就像鸟飞出笼子一样，几乎把所有的时间用来读课外书、画画和写文章。每到假日，就跑到台南市去看电影、逛书店。

我的高中生活大致是快乐的，除了功课以外。学校的功课日渐令我厌烦，赤字一天一天增加，到高一结束时，有一大半的功课都是补考才通过的。

这时，我默默地准备辍学或转学，当我把这想法告诉爸爸，他气得好几天不和我说话，有一天他终于开口了："你再多读一学期，真的不行，再转回来吧！"

升入高二，我换了导师，是一位七十岁的老头，听说是早年北京大学毕业的，因为在省中退休，转到私校来教。他就是后来彻底改造我的王雨苍老师。

开学不久，他叫我去他家包饺子，然后告诉我："你在报纸上的文章我看过，写得真不错。"这是第一位确定那些文章是我写的老师，以前的老师都以为只是同名同姓的人。

　　然后，王老师告诉我，他从事教育工作快五十年了，学生的素质差不多一眼就可以看出来。他之所以退而不休，转到私立学校教书，不只是为了兴趣，也是为了寻找沧海遗珠。

　　吃完师母的饺子告辞的时候，王老师搂着我的肩膀说："你有什么想法，随时可以来找老师谈谈，林清玄，你不要自暴自弃呀！"我从未被老师如此感性地对待，当场就红了眼睛。

　　接下来就像变魔术一样，我把一部分的心力用在课业上，功课虽然不好，都还在及格边缘。

　　由于王老师的鼓励，我把大部分心力用在写作上，不仅作品陆续发表在报刊上，还连续两次得到全台南市中学生作文比赛的第一名，使我加强了对自己的信心，也更确定了日后的写作之路。

　　不管是学作文或周记，或是发表在报上的文章，王雨苍老师总是仔细斟酌修改，与我热心讨论，使我在升学至上的压力中还有喘息的空间。渴望成为作家的梦想在我高中生活中，犹如大海里的浮木一般，使我不致没顶，王老师则是和我一起坐在浮木上的人，并且帮我调整了浮木的方向。

　　在我高中毕业的时候，我不再对前途畏惧了，虽然大学的考试一直不顺利，我知道，我的写作不会再被动摇了。

　　一直到现在，我只要想起中学生活，王雨苍老师那高大的身影、红润的双颊就会在眼前浮现，想到他最常对我说的："你一定会成功的，不要自暴自弃呀！"

　　我不知道自己是不是王老师寻找的沧海遗珠，但我知道好老师正如同悬崖边的树，能挡住那些失足坠落的学生。

现在时空远隔了，老师的灵魂已远，但我仿佛看到最陡峭的悬崖边，还长着翠绿的大树。

重瓣水仙

有一些人间的缘分，
就是在水仙、青菜、洗衣店这些小地方流动的

————————

我常去买花的花贩，一直希望我买一盆重瓣的水仙，说是最新的品种。

花贩是一位美丽秀雅的小姐，她站在花坊里，就像是她在卖的花里面的一朵。这是我的哲学之一：如果一位花贩把自己照顾成一朵花那么细致与美，那么她卖的花一定不会太坏。

我喜欢向如花的姑娘买花。

我喜欢向有书卷气的老板买书。

我最喜欢菜市场卖菜的一位阿婆，因为她梳理得最整洁，笑起来温馨自然，就像她架子上的青菜。

可惜，这样的惊见是不多的，所以我珍惜这样的缘。

卖花的人请我买莲花，我就买了。

请我买小红菊，我就买了。

请我买野百合，我也买了。

买点满天星、夜来香、野姜花、玫瑰吧？

好，都给我一些。

我当然也买了重瓣水仙，虽然我心里更爱的是单瓣的普通品种。

有时候，我们买东西只是买一点情意，买一点人间的温暖。

我搬家的时候，卖菜的阿婆听到了，眼睛就红了；洗衣店的老板娘，流泪到桌上；巷口小书店的老板，紧握我的手不放。

卖花的小姑娘，送我一大把玫瑰花。

有一次假期回到旧住的地方，转去花店，竟像去找朋友一样。

卖花的人问："那盆重瓣水仙养得怎样了？"

这一问，才完全想起曾经买过一盆重瓣水仙。有一些人间的缘分，就是在水仙、青菜、洗衣店这些小地方流动的。

阿火叔与财旺伯仔

林地的每一寸中，
都有父亲那坚强高大的背影

————————

随着岁月，我愈来愈能了解父亲少年时代的梦。其实，每个人都有过山林的梦想，只是很少很少有人能去实践它。

十年没有上父亲的林场了，趁年假和妈妈、兄弟，带着孩子们上山。

车过六龟乡的新威农场，发现沿途的景观与从前不大相同了，道路宽敞，车子呼啸而过。想到从前有一次和哥哥坐在新威学校门口，看一小时才一班的客运车，喘着气登山而去，我对哥哥说："长大以后，如果能当客运车司机就好了。"然后我们挽起裤管入山，沿山溪行走，要走一个小时才会到父亲开山时住的山寮。那时用竹草搭成的寮仔里，住着父亲和他的三位至交——阿火叔、成叔、财旺伯仔。

父亲当时还是那么年轻强壮，从南洋回来，和少年时的伙伴一起来开山。三十几年前的新威山上还是一片非常原始的林地，没有道路，渺无人居，水电那是更不用说。听父亲说起，刚开山的时候，路上蛇虫爬行，时常与石虎、山猪、猴子、山羌、穿山甲惊慌相对。在寒冷的冬夜睡醒，发现山寮里的地方全是盘旋避寒的蛇，有时要把蛇拨开，才能找到落脚的地方走出去。

那时，我刚刚出世。父亲为了开山，有时整个月没有时间低下头来看我一眼，听母亲这样说。

母亲说："你爸爸为了开山，每天清晨从家里骑脚踏车到新威，光骑车就要两小时。然后步行到深林里去，有时候则整季住在山里。"

每到立秋，雨季来的时候，母亲在夜里常被远方的暴雨与雷声惊醒，不知道在山洪中与命运搏斗的父亲，是否能平安归来。

一直经过二十几年，父亲的四百多甲山林才大致开垦出来。产业道路可以通卡车了，电灯来了，电话线通了，桃花心木、南洋杉、刺竹林都可以收成了，父亲竟带着未完成的梦想离开了我们。

在去新威的路上，妈妈告诉我，阿火叔在前年因肺气肿也过世了，成叔离开山林后不知去向，现在山里只剩财旺伯仔住着。听到这些事，我因无常而感到哀伤，想到在三十几年前，几个刚步入壮年的朋友，一起挥别家人来开山的情景。

当我站在山里，对孩子说："我们刚刚走过的路都是阿公开出来的。现在你所看得到的山都是我们的，这些树都是阿公种好的。"孩子茫然地说："真的吗？真的吗？"对一个城市长大的孩子，真的很难想象四百甲山林是多么巨大，没有边际。

小时候，我很喜欢到山里陪爸爸住，因为只有这样才有更多时间与父亲相处。在山中的父亲也显得特别温柔，他会带我们去溪涧游泳，去看他刚种的树苗，去认识山林里的动物和植物，甚至教我们使用平常不准触摸的番刀与猎枪。

我特别怀念的是与父亲、成叔、阿火叔、财旺伯仔一起穿着长长的雨鞋，到尚未开发的林地去巡山，检查土质、山势、风向，决定怎么样开发。父亲对森林那种专注的热情，常使我深深感动和向往，仿佛触及支持父亲梦想的那内在柔软的草原。我也怀念立秋雨季来的时候，我们坐在山寮的屋檐下看丰沛的雨水灌溉山林；夜里，把耳朵贴在木板床上，听着滚滚隆隆的山洪从森林深处流过山脚；油灯旁边，父亲煮着决明子茶，芬芳的水汽在屋子里徘徊了一圈，才不舍地逸入窗外的雨景。

我对父亲有深刻的崇仰和敬爱，和他在森林开垦的壮志是不可分的。

那样美好的山林生活，一晃已经三十年了。当我看见财旺伯仔的时候，感觉那就像梦一样。财旺伯仔看见我们，兴奋地跑过来和我们拥抱。他的子孙也都离开山林，只有他和财旺伯母数十年地守着山寮，仍然每天挑着水桶走三千米到溪底挑水，白天去巡山，夜里倾听大溪的流声。

提到父亲、阿火叔的死，成叔的离山，他只是长长地叹一口气。

他说："我现在也不喝酒了，没有酒伴！"

他带我们爬到山的高处，俯望着广大的山林，说："你爸爸生前就希望你们兄弟有人能到山里来住，这个希望不知道能不能实现！"然后，他指着刺竹林山坡说："阿玄仔，你看那里盖个寮仔也不错，只要十几万就可以盖得很美呀！"

在我成长的岁月里，有无数次曾立志回来经营父亲的森林，但是年纪愈长，那梦想的芽苗则隐藏得愈深了。随着岁月，我愈来愈能了解父亲少年时代的梦。其实，每个人都有过山林的梦想，只是很少很少人能去实践它。

我的梦想已经退居到对财旺伯仔说："如果能再回山里来住几天就好了。"

离开财旺伯仔的山寮已是黄昏。他和伯母站在大溪旁送我们，直到车子开远，还听见他的声音："立秋前再来一趟呀！"

天色黯了，我回头望着安静的森林，感觉到林地的每一寸中，都有父亲那坚强高大的背影。